心智圖

經典詩詞×手繪心智圖，
學習古典之美從未如此簡單

古詩詞滿分
學習法

U0078301

一圖一詩，百圖百味
84 首詩詞輕鬆背，開啟古文新視界

既注重古詩詞學習效果，又兼顧學習過程樂趣
以全新方式學習和鑑賞古詩詞，理解並應用古典詩文

目錄

Learn Ancient Poems with Liu Yan Using Mind Maps

跟劉豔一起用心智圖學習古詩文

第一章　使用心智圖學習古詩詞曲的方法

第二章　國中生必學古詩詞曲

附錄 1　國中生古詩詞常考理解性默寫

附錄 2　優秀作品賞析

Learn Ancient Poems with Liu Yan Using Mind Maps

I have always been interested in culture. Many countries have very distinctive cultures, which date back many hundreds of years. I have learned that by understanding a country's culture, you can better understand the people who practice this culture.

I have learned that China has one of the oldest cultures in the world, consisting of language, food, style, morals, music, art, and marriage customs.

When I visited China in 2019, I was invited to speak at a school in the city. I was impressed by the dedication of the teachers in keeping the traditional culture alive. They taught stories, art, and poetry. It was a very important part of their curriculum.

I was so impressed by this that I wanted to learn more about Chinese culture. I was especially interested in food, as the food styles changed depending on the region that I visited.

China is so rich in the most wonderful and long-lasting culture, so the teaching and remembering of cultural stories is very important. I understand the importance of remembering the past and also current cultures. I believe it makes a person a better citizen.

Poetry is a beautiful way of telling stories, relaying cultural stories and events. I understand that ancient poetry is being taught in Chinese schools, which is testimony to the importance of this written record.

When I was young, I love listening to poetry, but I could never recite poetry like some of my classmates. I admired their skills. Some of my friends can still re-

Learn Ancient Poems with Liu Yan Using Mind Maps

cite poetry that has significant meaning to a subject we are discussing.

When Liu Yan wrote to me to say that she has written a book on a method to learn Ancient Poetry by using Mind Maps, I was very excited. Mind Maps are a perfect tool to learn and remember poetry. Tony Buzan, who was a prolific poet, publishing many thousands of poems, believed Mind Maps and poetry with inextricably connected.

Liu has shared some pages of the book with me. I was very pleased to see that the illustrations of the Mind Maps are of a very high standard. Each one is a piece of artwork in itself, using beautiful colors and inspirational drawings.

Liu Yan is the world champion of the 8th World Mind Map Championships in 2016, and as the head coach of the Chinese team in 2017, she also trained new world's mind map champion and third winner.

Liu Yan has accompanied Mr. Buzan many times to teach disciples in China, and she is a Mind Maps tutor whom Mr. Buzan appreciates and recommends very much.

Liu Yan strictly follows the laws of Mind Mapping, ensuring that the maximum capacity for remembering is maintained. The use of colorful pictures makes remembering the poetry very easy and is also great fun. Tony Buzan would have been very proud to see his memory tool, the Mind Map, being used is such an effective way.

This book is an important documentation of traditional Chinese poetry, something that every person should read and enjoy.

Prince Marek Kasperski

Global Chief Arbiter in Mind Mapping and Speed Reading

跟劉豔一起用心智圖學習古詩文

我一直對文化感興趣，許多國家都有非常獨特的文化，這可以追溯到很久以前。我意識到，透過了解一個國家的文化，你會更容易理解這個國家的人民。

中國的文化源遠流長，內涵豐富，包括語言、飲食、風尚、道德、音樂、藝術以及婚姻習俗等。

2019 年我去中國遊覽的時候，被邀請到當地的一所學校演講。該校老師致力於使傳統文化煥發生機活力，這給我留下了深刻的印象。他們教學生故事、藝術以及詩詞，詩詞在他們課程中占了非常重要的一部分。

這件事給我的印象如此深刻，以至於我想更多地了解中國傳統文化。其中，我最感興趣的是美食，因為每到一個地方，我都會發現極具特色的美食。

傳承璀璨的中華文化是非常重要的，誦習經典是非常好的手段，我相信透過誦習會培育一個人成為良好公民。

在眾多經典中，詩詞是講述故事、傳承文化和歷史的一種美麗的方式。許多學校都正在教授古代詩詞，這證明了這一文體的重要性。

在我童年的時候，我喜歡聽詩歌，但我從來都無法像某些同學一樣背誦詩歌，所以我很羨慕他們有這一技能。我的一些朋友現在仍然可以背誦目前對我們討論的主題有重大意義的詩歌。

當劉豔寫信給我說她寫了一本關於使用心智圖學習古代詩詞的書籍時，我興奮不已。心智圖是學習和記憶古詩詞的理想工具。東尼‧博贊先生（Tony Buzan）本人也是一位多產的詩人，曾出版了數千首詩，在他看來，心智圖和詩詞有著密不可分的連繫。

　　劉豔和我分享了這本書的部分內容，我非常開心地看到其中的心智圖具有很高的水準，大量使用富有啟發性的結構，每一幅作品都是一件藝術品。

　　劉豔是 2016 年第八屆世界心智圖錦標賽的全球總冠軍，她也培養出了 2017 年的世界心智圖冠軍和季軍。劉豔曾多次陪伴博贊先生在中國講授課程，她是博贊先生非常欣賞和推薦的心智圖導師。劉豔嚴格遵循心智圖法則，以確保她的作品能夠保持最大的助記能力。色彩絢爛的心智圖，讓詩詞誦習更容易、更有趣味性。東尼‧博贊先生如果能夠看到他的記憶工具 —— 心智圖如此有效地運用，一定會感到非常自豪。

　　總而言之，這本書是西方思維工具和東方最美古詩詞的完美結合，值得每一個人閱讀和欣賞。

馬列克‧卡斯帕斯基王子

世界心智圖理事會全球總裁判長

第一章

使用心智圖學習古詩詞曲的方法

第一節
古詩詞曲學習全攻略

我們常說：詩（包含詞和曲）言志，詩蘊情。古詩詞是文學浩空中的一輪明月，它以優雅的清輝滲入人的心靈，本身就具有一種塑造人心的力量。

如今，中華古詩詞的學習越來越重要。想在語文學習中拔得頭籌，需要用傳統文化及語文思想武裝自己。用心智圖背誦古詩詞，是把中國古代文化中的經典詩詞與心智圖這種視覺化的思考技術相融合，讓你在心智圖的嚴密邏輯和視覺化思想中分享詩詞之美，感受詩詞之趣，從古人的智慧和情懷中汲取營養，涵養心靈。

隨著閱歷的增長，你會突然發現，古詩詞最大的作用是滋養心靈。正如詩詞研究大家葉嘉瑩先生說的：「讓你有一顆不死的、不僵化的心靈。」

翻越生命的千溝萬壑後，總有一首詩默默地滋養著我們的人生。得意時「一日看盡長安花」，艱難時「潦倒新停濁酒杯」。但生命的跋涉不能回頭，哪怕「畏途巉巖不可攀」，也要「會當凌絕頂」。哪怕「無人會，登臨意」，也要「猛志固常在」。從經典中汲取「九萬里風鵬正舉」的力量，歷練「也無風雨也無晴」的豁然，「待到重陽日」，我們「還來就菊花」。

在這些特定的時候，唯有這些詩詞，能用最短的語言傳遞出最恰如其分、真摯的情感。

古詩詞是千年時光建構的精神家園，收藏著一代代中國人的喜怒哀樂。「舴艋舟」都載不動的離亂之愁；「白日放歌須縱酒」的還鄉之喜；「磨損胸

中萬古刀」的不平之怒；「不思量，自難忘」的悼念之哀；「幾處早鶯爭暖樹」的遊春之樂。它們像一本本心靈相簿，等待著我們去開啟、去走進一個個熟悉又陌生的精神世界。

誰不想讓自己能夠「繡口一吐，就是半個盛唐」？

當與早春美景不期而遇時，別人還在說著「太漂亮了」，你卻說「亂花漸欲迷人眼，淺草才能沒馬蹄」。這簡直不能更「酷」了！

這也是為什麼希望你能夠學習古詩詞，懂得品讀古詩詞的原因了。

不知你是否還記得？小時候，你咿咿呀呀，跟著詩詞的音律，像兒歌一樣背著玩。但到了小學、國中，當詩詞遇上了考試時，學古詩詞變成了一項任務。來來回回背，背了錯，錯了背，背誦古詩詞成了你的煩惱和負擔。我身邊的好多學生都會遇到這樣的困惑，那時我就在想：背誦古詩詞能不能像看卡通一樣，讓你著迷？能不能像說話一樣，讓你脫口而出？

這時我遇到了心智圖，它是一種輔助古詩詞記憶和理解的有效工具，最終可以讓我在繪製導圖的過程中把古詩詞背下來，並且能夠深入理解其中的含義。

背詩，不如懂詩；懂詩，不如愛詩。願你能夠透過心智圖，在快樂繪製中，推開古詩詞的大門，走進詩人的人生，感受到簡單幾行詩句背後，承載的豐富情感表達，最終沉澱出屬於自己的芬芳。

眾所周知，記憶是學習古詩詞的前提，將記憶理解、融會到自己的思想裡，從而真正做到理解、感悟和運用，才是學習古詩文最終的目標。我們一起來看看考試對古詩詞閱讀的具體要求。

理解 —— 詩句能夠讀懂，詩詞能夠理解其主題與情感。

感悟 —— 讀過詩詞以後產生的感想和感受，屬於閱讀的淺層次收穫。

運用 —— 將所讀的感情運用到閱讀其他詩歌中，最終提高自己的欣賞品味。

　　當你一邊看著古詩詞原文，一邊透過繪製心智圖來幫助你理解和記憶，這其實就是古詩詞訊息在大腦中被儲存、解讀和提取的過程。因為古詩詞訊息本身不是一個個獨立存在的，而是像一張大網一樣，相互緊密連繫的，而心智圖恰恰能夠呈現出這些訊息點之間的關係和結構。如果你在背詩詞的時候能夠回想起你親手繪製的這張心智圖，那麼在你自身的記憶網路裡，很多模組化的記憶都能被深深地喚醒，真正達到事半功倍。

第二節
古詩詞曲背誦四「步」曲

　　心智圖記憶古詩詞，關鍵在於你要深入理解和思考詩詞的內在邏輯，運用心智圖的形式，把這種內在的邏輯關係梳理清楚，並且表示出來，這個思考和畫圖的過程是非常重要的。在這裡，我為你總結了運用心智圖記憶古詩詞的錦囊妙計 —— 古詩詞曲背誦四「步」曲。

古詩詞曲背誦四「步」曲

步驟一：**理解為先，明重點** —— 整體感知全文內容，疏通文意，在理解的基礎上分析內容，弄清楚整體內容是什麼，每句詩都在寫什麼。

步驟二：**劃分脈絡，定主幹** —— 劃分出整體結構層次，以關鍵詞的形式概括出相應內容，並寫在每條大綱主幹上。

步驟三：**化整為零，巧提煉** —— 將整個句子拆解成一個個小單位，先找名詞，然後看看是用哪些動詞與之勾連，最終提煉出能夠讓你記憶深刻，最能表達原文大意，並且能夠提示重要內容的關鍵詞。關鍵詞一般以「名詞和動詞」為主，放在內容分支上，一些抽象的關鍵詞可以直接用簡單的影像來表示相應的含義。

> 步驟四：**影像輔助，出畫面** —— 根據自己的理解，在重點易忘處新增影像元素輔助記憶，產生畫面感，使人產生聯想和想像。
>
> 總結：高效背誦四「步」曲，詩詞導圖常相伴。

　　有人說，教育不是注滿一桶水，而是點燃一把火，學詩詞更是這樣一個道理。比起一行一行的文字，我們透過心智圖這種圖文並茂的形式，讓你親近詩詞，更順暢自然地理解詩詞裡的深意，比如這首〈遊山西村〉：

遊山西村

陸游

莫笑農家臘酒渾，豐年留客足雞豚。

山重水複疑無路，柳暗花明又一村。

簫鼓追隨春社近，衣冠簡樸古風存。

從今若許閒乘月，拄杖無時夜叩門。

　　通常情況下，你在學習的時候，大概只知道這首詩是陸游的一首遊記詩，然後就開始哇啦哇啦背誦起來。這樣學詩，有點像吃一塊乾癟的麵包，無法對詩詞引起興趣，更別說懂詩愛詩了。

　　下面我們就以這首 7 年級下冊陸游的〈遊山西村〉為例，教你如何來繪製背誦的心智圖。

　　我們先來熟悉一下這首詩大致的意思：不要笑農家臘月裡釀的酒渾濁，在豐收之年會備足雞肉、豬肉款待客人。山巒重疊水流曲折正擔心無路可走，柳綠花豔忽然眼前又出現一個山村。將近社日，一路上迎神的簫鼓聲隨處可聞，村民們穿戴簡樸，古代的風氣仍然存在。今後如果還能這樣趁著月明來閒遊，（我）一定拄著拐杖隨時來敲門。

　　第一步：**理解為先，明重點** —— 整體感知全文內容，疏通文意，在理解的基礎上分析內容，弄清楚整體內容是什麼，每句詩都在寫什麼。

　　透過閱讀原文，了解具體文意並在理解的基礎上分析後，我發現在這首詩中，詩人緊扣詩題中的「遊」字，是剪取遊村的片段，透過每聯一個層次的深入刻劃來展現「遊」字。這首詩中心圖繪製的是詩人陸游遊山西村的畫面，重點突出「遊」字，整幅中心圖表現出詩人遊興十足，遊意盎然。

中心圖

　　第二步：**劃分脈絡，定主幹** —— 劃分出整體結構層次，以關鍵詞的形式概括出相應內容，並寫在每條大綱主幹上。

　　全詩首寫詩人出遊到農家，次寫村外之景物，複寫村中之情事，末寫期待再遊。所寫雖各有側重，但都以「遊」字貫串，並把秀麗的自然風光與純樸的民風民俗和諧地統一在完整的畫面上，構成了優美的意境和恬淡、雋永的格調。所以全詩具體結構脈絡如下：

　　首聯：農家（出遊原因）—— 豐年足食；

　　頷聯：村外（出遊途中）—— 優美景色；

　　頸聯：村內（出遊見聞）—— 古樸民風；

　　尾聯：希望（出遊所感）—— 隨時做客，展現了流連不捨之情。

　　（注意：這一步驟為了平衡整幅導圖的布局，需要在腦中建構即可，無須畫在心智圖上）

大綱主幹

精準概括

第三步：化整為零，巧提煉 —— 將整個句子拆解成一個個小單位，先找名詞，然後看看是用哪些動詞進行連綴的，最終提煉出能夠讓你記憶深刻，最能表達原文大意並且能夠提示重要內容的關鍵詞，關鍵詞一般以「名詞和動詞」為主，放在內容分支上，一些抽象的關鍵詞可以直接用簡單的影像來表示相應的含義。

首聯：農家（出遊原因）—— 豐年足食

其實在你平時的學習中，純文字版（關鍵詞和邏輯結構）的心智圖其實已經足夠用了，但如果你還能在此基礎上發揮想像力和創造力，適當新增影像語言，使之產生畫面感，那就更是錦上添花了。例如，「臘酒」指的是臘月所釀的酒，稱為「臘酒」，「渾」是渾濁的意思，所以「臘酒渾」直接用一罈貼著「臘酒」標籤並標明「渾」字的美酒表示；「豐年」直接用「一筐豐收的穀物」表示；「留客」中的「留」用「向下的箭頭」表示。

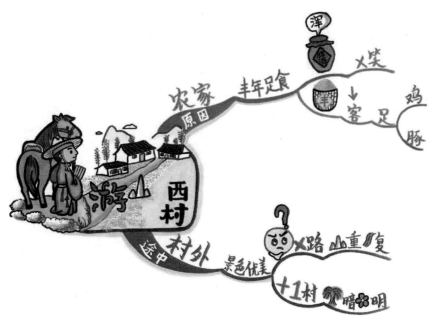

領聯：村外（出遊途中）── 景色優美

「疑無路」中的「疑無」用「疑問的表情和叉號」表示；「又一村」中的
「又一」用「+1」表示，簡潔明瞭。

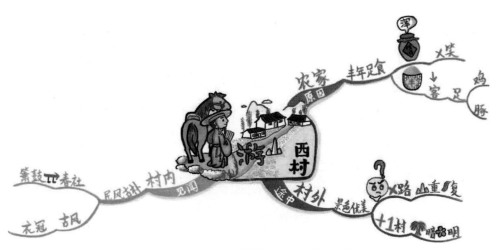

頸聯：村內（出遊見聞）── 民風古樸

「追隨」直接畫了長著腳並指向春社的紅箭頭表示。

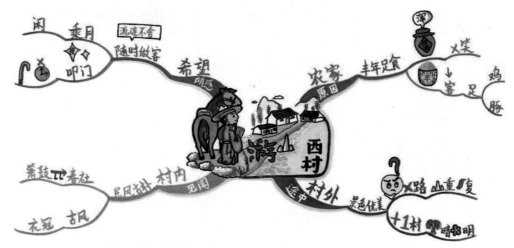

尾聯：希望（出遊所感）—— 隨時做客，展現了流連不捨之情

「拄杖無時」畫了「拐杖和畫叉的鐘錶」表示；「夜」直接畫在了閃閃發光的星星裡。

第四步：影像輔助，出畫面 —— 根據自己的理解，在重點易忘處新增影像元素輔助記憶，產生畫面感。

首聯：農家。「足」字本身是備足的意思，表現了農家款待客人傾其所有，熱情好客的風尚，為了便於記憶，畫了個「腳印」代表「足」。「豚」這裡是豬肉的意思，所以畫了「豬」表示。

頸聯：村內。「簫鼓」直接畫了樂器簫和鼓，「衣冠」直接畫了「簡樸的衣服和帽子」；「古風存」指的是古代的風氣仍然存在，這裡的「存」直接畫了「存錢罐」表示，補充記憶「存」字。

尾聯：希望。「乘月」直接畫了個月亮，「閒」本身是「閒遊」的意思，所以畫了卡通版的陸游在閒遊，同時為了方便記下該詩句中的「從今若許」，就在他手上畫了兩面分別寫著「從今」和「若許」的旗子，達到提示作用。

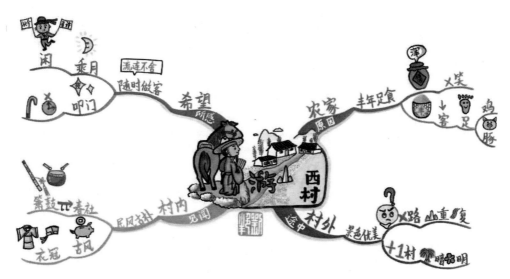

　　古詩詞不用背，畫完自然會。因為心智圖能夠建立起文字和畫面之間的連繫，把零散的內容結構化，結構是古詩詞的骨架和筋脈，學會在有限的框架中生出無限的想像，才是學習的最終目的，正所謂「詩有恆裁，思無定位」。心智圖可以清晰呈現古詩詞的外在結構，即形式框架，以及內在結構，即情感流程、層次推進、要素關聯等。

　　總之，運用心智圖輔助記憶古詩詞，背誦得更快，記憶得更牢，理解得更深。

第三節
古詩詞曲的分類（體裁）

　　詩分為古體詩和近體詩兩類，古體詩包含四言古詩、五言古詩、七言古詩、雜言和樂府詩，近體詩形成於唐代，分為絕句和律詩；詞在兩宋時期成就最高；曲分為散曲和戲曲，以元代成就最高。

第四節
古詩詞曲的思想感情

　　古詩詞曲中蘊含的思想感情是非常豐富的，常見的有：寄情山水、傷春惜春、秋思別恨、建功報國之志、憂國傷時（對統治者的揭露與批判）、思鄉懷人、離愁別緒等。

　　分析具體思想感情時，可以參照下面三個方面：結合背景，窺測情感；解讀意象，挖掘情感；分析詩眼，透視情感。

1. 寄情山水

1. 表現田園生活的閒適自得。如陶淵明〈飲酒〉：「採菊東籬下，悠然見南山。」
2. 對大自然的熱愛、讚美。凡是寫景的山水田園詩歌幾乎都有這一主題，如白居易〈錢塘湖春行〉：「最愛湖東行不足，綠楊陰裡白沙堤。」

2. 傷春惜春

　　對歲月流逝、人生苦短的慨嘆。如晏殊〈浣溪沙〉：「無可奈何花落去，似曾相識燕歸來。」

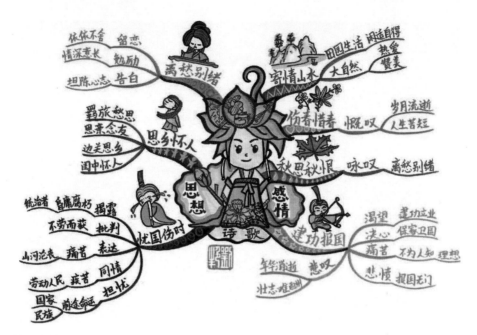

3. 秋思別恨

對離愁別緒的詠嘆。如李煜〈相見歡〉：「無言獨上西樓，月如鉤。寂寞梧桐深院鎖清秋。剪不斷，理還亂，是離愁，別是一般滋味在心頭。」

4. 建功報國之志

1. 對建功立業的渴望。如曹操〈龜雖壽〉：「老驥伏櫪，志在千里。烈士暮年，壯心不已。」

2. 對保家衛國的決心。如楊炯〈從軍行〉：「寧為百夫長，勝作一書生。」

3. 理想不為人知的痛苦。如孟浩然〈望洞庭湖贈張丞相〉：「欲濟無舟楫，端居恥聖明。坐觀垂釣者，徒有羨魚情。」

4. 對報國無門的悲憤。如陸游〈訴衷情〉：「當年萬里覓封侯，匹馬戍梁州。關河夢斷何處？塵暗舊貂裘。胡未滅，鬢先秋，淚空流。此生誰料，心在天山，身老滄洲。」

5. 對年華消逝、壯志難酬的悲嘆。如辛棄疾〈破陣子〉:「了卻君王天下事，贏得生前身後名。可憐白髮生！」

5. 憂國傷時

1. 揭露統治者的昏庸腐朽。如杜牧〈過華清宮〉:「長安回望繡成堆，山頂千門次第開。一騎紅塵妃子笑，無人知是荔枝來。」

2. 對不勞而獲的批判。如白居易的〈賣炭翁〉。

3. 表達對山河淪喪的痛苦。如文天祥的〈過零丁洋〉。

4. 對百姓疾苦的同情。如白居易的〈觀刈麥〉、杜甫的〈茅屋為秋風所破歌〉。

5. 對國家前途命運的擔憂。如杜甫的〈春望〉:「烽火連三月，家書抵萬金。白頭搔更短，渾欲不勝簪。」

6. 思鄉懷人

1. 羈旅愁思。如馬致遠的〈天淨沙·秋思〉:「夕陽西下，斷腸人在天涯。」

2. 思念親人。如蘇軾的〈水調歌頭〉（明月幾時有）。

3. 邊關思鄉。如范仲淹的〈漁家傲·秋思〉。

4. 閨中懷人。如溫庭筠的〈望江南〉。

7. 離愁別緒

1. 依依不捨的留戀。如岑參的〈白雪歌送武判官歸京〉、王維的〈送元二使安西〉。

2. 情深意長的勉勵。如王勃的〈送杜少府之任蜀州〉。

3. 坦承心志的告白。如王昌齡的〈芙蓉樓送辛漸〉。

第五節
古詩詞曲常用意象

　　所謂的意象，簡單來說，就是詩歌中熔鑄了作者思想感情的事物。「意」是作為主體的人所體驗的、要表達的思想感情，包括人對自然、社會和人生的情感體驗、思想領悟以及審美感受；「象」是作品描述的物或事，準確地說是事物的形象。意象就是用來寄託主觀情思的具體可感的客觀物象。它已不單是事物的客觀形象，而是蘊含著主體思想感情的形象。例如，溫庭筠的〈商山早行〉：「雞聲茅店月，人跡板橋霜。」作者把「雞聲、茅店、月、人跡、板橋、霜」這六個詞語並列在一起，這些詞語描述的形象，已不再只是客觀物象，而是融入了詩人淒涼悲愴情感的意象了。

提問法	答題法
描繪作品中展現的圖景畫面	抓住作品中的主要景物，再現畫面。描述時，一要忠實於原詩，二要用自己的聯想和想像加以創造，語言力求優美。
概括景物營造的氛圍（意境）特點	一般用兩個雙音節詞即可，例如：孤寂冷清、恬靜優美、雄渾壯闊等，注意要能準確地展現景物的特點和情調。 常用術語：寥廓、雄奇、悲壯、淒清、幽靜、蕭條、衰敗、孤寂、恬靜、清新、明麗等。

意象（意境）表達了作者怎樣的思想感情	分析作者的思想感情，切記空洞，要答具體。例如：只回答「表達了作者哀傷的情懷」是不夠的，還應答出為什麼「哀傷」。根據該作品情境氛圍的特點再來談作者的思想感情，一般可以表述為：羈旅情思、思鄉懷遠、感時傷世、憂國憂民等。

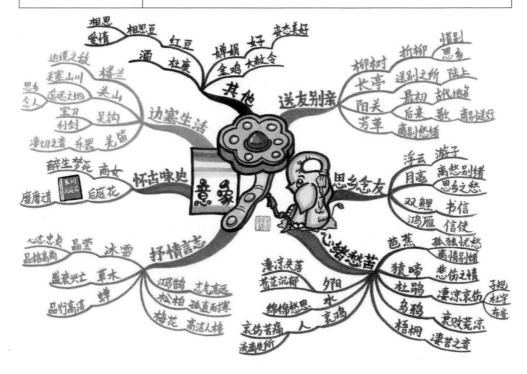

第六節
古詩詞曲常用的表達技巧

　　為了讓大家能夠快速記住古詩詞曲的表達技巧，我特意用了影像轉換的方式：諧音、替換、倒字、顧名思義這四種方法，將抽象詞轉換成了形象的影像語言。

　　例如：

用典

　　字典（替換）、用電（諧音）、用碘（諧音）

白描

　　白廟（諧音）、描白（倒字）

渲染

　　紅楓葉（替換）、染色頭髮
（替換）

烘托

　　紅拖，即紅色拖鞋（諧音）。紅
托，即紅色托盤（諧音）

互文

　　互聞（諧音）、壺溫（諧音）

襯托

　　正襯即襯衫的正面（顧名思義）；
反襯即襯衫的背面（顧名思義）

對比

　　對筆（諧音）VS（替換）

動靜結合

洞鏡結合（諧音）、洞井結合（諧音），運動的人和靜坐的人（顧名思義）

託物言志

託物言痣，即用手託著一個物品，這個物品可以用嘴說話，旁邊還有顆痣（諧音）。

虛實結合

實線和虛線（顧名思義）

欲揚先抑

向下箭頭與向上箭頭（顧名思義）；玉羊先蟻，即哪怕是玉做的羊，也要先以螞蟻為主（諧音）。

借古諷今

借鼓縫巾，即藉著鼓聲縫毛巾（諧音）；戒鼓風金，即用戒指換鼓聲，用風吹黃金（諧音）。

直抒胸臆

直梳胸臆，胸前有一把梳子，胸臆畫了顆紅心，用梳子梳胸前的紅心。（諧音）。一個人伸直雙臂在推心（顧名思義）

借景抒情

山水太陽表示景，紅心表示情（顧名思義）。

點面結合

帶點的碗裡有一碗麵；平面上有一個點（顧名思義）。

> ## 第七節
> # 古詩詞曲的鑑賞方法

　　鑑賞古詩詞曲需要從以下幾個方面著手：

1. 從作者入手，連繫其生活經歷等，理解作品內容。
2. 藉助作品的標題、註釋、寫作背景，理解作者的寫作意圖。
3. 從語言入手，抓住作品中的關鍵詞句（動詞、形容詞，議論句、抒情句）。

　　針對古詩詞曲的五大分類，可以採取以下幾種鑑賞方法：

一、寫景抒情詩

二、詠物言志詩

三、懷古詠史詩

四、邊塞征戰詩

五、山水田園詩

第八節
古詩詞曲提分錦囊

重點 1 古詩詞曲語言賞析之煉字

設問方式

1. 简析某联中某字的妙处.
2. 请对某联中的某字进行赏析.
3. 第x联两句中各有一个字用得十分传神,请找出来,并说说这样写的好处.
4. 某字历来为人称道,你认为好在哪?
5. 本诗中的某字,换成另外一个字好不好?
6. 有人认为某字是本诗的诗眼,为什么?

炼字

典例

閱讀下面的詩,回答問題。

春思[1]

賈至

草色青青柳色黃,桃花歷亂[2]李花香。
東風不為吹愁去,春日偏能惹恨長。

請賞析「春日偏能惹恨長」中「惹」字的妙處。

---

[1]　這首詩是作者在被貶為岳州司馬時所作。
[2]　歷亂:爛漫。

解題技巧

技法應用

賞析「惹」字的妙處可分三步：

第一步，釋字義。解釋「惹」字的含義，從句中看，「惹」是招引（引起）的意思。第二步，明手法＋描情景。運用擬人的修辭，將春日人格化，生動形象地寫出了詩人抱怨春日把恨引長，產生度日如年之感。

第三步，點作用。指出本詩表達的情感，如表達了詩人與日俱增的愁緒和無法排遣的苦悶。

答題模板

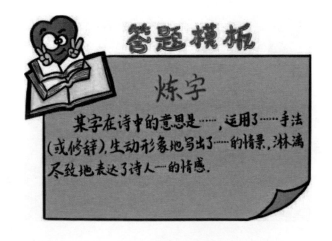

答案

　　「惹」是招引（引起）的意思。運用擬人的修辭，將春日人格化，生動形象地寫出了詩人抱怨春日把恨引長，產生度日如年之感，表達了詩人與日俱增的愁緒和無法排遣的苦悶。

重點 2 古詩詞曲語言賞析之煉句

設問方式

1.請結合全詩，對某聯(句)進行簡要的賞析。

2.請對某聯中的某一名句從抒情方法和內容上作簡要賞析。

煉句

典例

　　閱讀下面的宋詞，回答問題。

漁家傲·秋思

范仲淹

塞下秋來風景異，衡陽雁去無留意。
四面邊聲連角起，千嶂裡，長煙落日
孤城閉。
濁酒一杯家萬里，燕然未勒歸無計。
羌管悠悠霜滿地，人不寐，將軍白髮
征夫淚。

　　請從寫景的角度賞析「四面邊聲連角起，千嶂裡，長煙落日孤城閉」。

解題技巧

技法應用

　　做這類題，一定要認真閱讀作品，正確理解其意思，然後結合題目的要求作答。「四面邊聲連角起」中，「邊聲」總指一切帶有邊地特色的聲音。這種聲音隨著軍中的號角聲而起，形成了濃厚的悲涼氣氛，為下闋的抒情蓄勢。「千嶂裡，長煙落日孤城閉」的意思是：崇山峻嶺中，雲霧瀰漫，殘陽西沉，孤城緊閉。突出了塞下孤城與內地景象的不同，點明了戰事吃緊、戒備森嚴的特殊背景。

答題模板

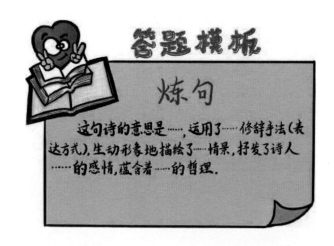

答案

1. 選景典型生動，邊聲嘈雜，號角嗚咽，千嶂、長煙、落日、孤城，展現了邊塞特異的風光。

2. 渲染了濃厚的悲涼氣氛，為下闋的抒情蓄勢。

重點 3 鑑賞古詩詞曲的形象特點

設問方式

人物形象：
1. 詩中塑造了一位怎樣的抒情主人公形象？
2. 詩中刻畫的某形象具有怎樣的特徵？
3. 請簡要分析某人的形象。

景物形象：
1. 詩人按照怎樣的順序描寫了哪些景物？
2. 這首詩(詞、曲、小令)中的某句寫景極有特色，請結合詩句簡要分析。
3. 詩中的景物營造了怎樣的意境？
4. 請簡要賞析詩中的景物描寫。
5. 請簡要賞析詩中景與情的關係。

形象特点

典例

閱讀下面一首宋詩，回答問題。

登城

劉敞

雨映寒空半有無，重樓閒上倚城隅。
淺深山色高低樹，一片江南水墨圖。

「雨映寒空半有無」中的「映」和「半有無」寫出了雨的什麼特點？

解題技巧

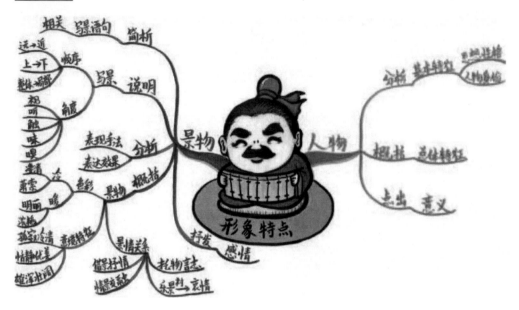

技法應用

　　一個「映」字，十分貼切地抓住了自然景物的特徵。如果是春日微雨，它瀰漫一片，有如雲霧，那是不可能與天空相「映」的；而初夏煙雨，無邊無際，將遠處的一切都裹了起來，就更談不上與天空相「映」了。只有在秋天，那「無點亦無聲」的彷彿透明的雨絲，才具備這個特點。「半有無」是說空中細雨絲絲，若有若無。

答題模板

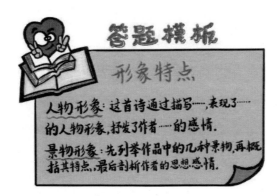

答案

雨的透明而又細如絲，若有若無，給予人清冷之感。

重點 4 鑑賞古詩詞曲的表達技巧

設問方式

典例

閱讀下面一首詩，回答問題。

酬樂天揚州初逢席上見贈

劉禹錫

巴山楚水淒涼地，二十三年棄置身。
懷舊空吟聞笛賦，到鄉翻似爛柯人。
沉舟側畔千帆過，病樹前頭萬木春。
今日聽君歌一曲，暫憑杯酒長精神。

這首詩的頷聯運用了什麼表現手法？請簡要分析。

解題技巧

技法應用

　　「懷舊空吟聞笛賦，到鄉翻似爛柯人」意思是「懷念故友徒然吟誦聞笛小賦，久謫歸來感到已非舊時光景」。其中運用了兩個典故，「聞笛賦」典出西晉向秀〈思舊賦〉：向秀經過亡友嵇康故居時，聽見有人吹笛，不禁悲從中來，於是寫了〈思舊賦〉。「爛柯人」典出《述異記》：晉人王質上山打柴，觀人下棋，局終發現手中斧柄已爛，回到村裡才知已經過了百年。作者借這兩個典故表達了自己遭貶多年的感慨和世事滄桑、人事全非、暮年返鄉、恍如隔世的心境。

答題模板

答案

　　用典。頷聯運用西晉向秀〈思舊賦〉及晉人王質「爛柯人」這兩個典故，委婉含蓄地表達了詩人悼念舊友之情，又暗示詩人被貶時間之長，歸家之後生疏而悵惘的心情。

重點 5 鑑賞古詩詞曲的情感主旨

設問方式

典例

　　閱讀下面這首詞，回答問題。

滿江紅

秋瑾

小住京華，早又是中秋佳節。為籬下
　　　黃花開遍，秋容如拭。
四面歌殘終破楚，八年風味徒思浙。
　　苦將儂，強派作蛾眉，殊未屑！
身不得，男兒列，心卻比，男兒烈。
　　　算平生肝膽，因人常熱。
俗子胸襟誰識我？英雄末路當磨折。
　　莽紅塵何處覓知音？青衫溼！

　　「身不得，男兒列，心卻比，男兒烈」抒發了作者怎樣的思想感情？

解題技巧

技法應用

　　這一句的意思是「今生我雖然不能化身為男子，加入他們的行列，但是我的心要比男子的心還要剛烈」，充分表現了作者雖是女子，卻有一顆衝破封建牢籠、投身革命、報效國家的赤子之心。

答題模板

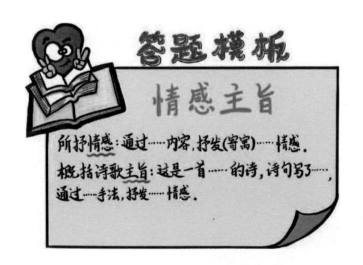

答案

抒發了作者決心比男子剛烈，渴望投身革命、匡國濟世的思想感情。

重點 6 古詩詞曲賞析之描繪畫面

設問方式

典例

閱讀下面的詩，回答問題。

望嶽

杜甫

岱宗夫如何？齊魯青未了。
造化鍾神秀，陰陽割昏曉。
蕩胸生曾雲，決眥入歸鳥。
會當凌絕頂，一覽眾山小。

品讀全詩，發揮聯想和想像，用自己的話描繪「齊魯青未了」所展現的畫面。

解題技巧

技法應用

　　解答這類題，讀懂詩句、理解內容是前提。如「齊魯青未了」中，先要理解：「齊魯」指春秋時的兩個諸侯國，在今山東一帶，這裡指齊魯大地；「青」指山色青翠；「未了」指無窮無盡。這句話的意思是：泰山橫跨齊魯，青色的峰巒連綿不斷。另外，結合上下句聯想和想像可知，作者遠望泰山，強烈地感受到它的巍峨，它拔地而起，參天聳立。

答題模板

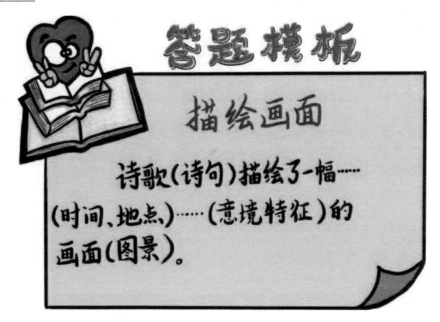

答題模板

描绘画面

诗歌(诗句)描绘了一幅……
(时间、地点)……(意境特征)的
画面(图景)。

答案

　　（範例）泰山拔地而起，參天聳立，蒼翠的山色掩映著遼闊無邊的齊魯大地。

第二章

國中生必學古詩詞曲

七年級

上冊

觀滄海

〔作者〕曹操 〔朝代〕三國

文題解讀

「滄海」即大海。詩題交代了事件「觀滄海」，簡潔明瞭。此詩寫的是曹操站在碣石山上所觀察到的滄海壯麗景色。

經典原文	參考譯文
東臨碣石，以觀滄海。 水何澹澹，山島竦峙。 樹木叢生，百草豐茂。 秋風蕭瑟，洪波湧起。 日月之行，若出其中， 星漢燦爛，若出其裡。 幸甚至哉，歌以詠志。	向東行進，我登上碣石山，遠眺那蒼茫的大海。海水水波蕩漾，山島聳立。山島上樹木蔥蘢蒼翠，百草豐美茂盛。秋風颯颯吹來，林木簌簌作響，巨大的波濤洶湧而來。日月運行，好像都出於大海的吞吐之中；銀河輝煌燦爛，好像都閃耀於大海的胸懷之間。幸運得很，寫一首詩歌來抒發我的壯志吧。

心智圖

繪者：許家瑜

導圖解析

　　這幅導圖的中心圖畫的是**曹操北征烏桓**途中經過碣石山，登山觀海的勃勃英姿。他的背後是湛藍的大海和海中的小島。這首詩開頭兩句敘事，詩人向東來到碣石山，登山觀海。接下來寫景，先寫海水和山島。「**澹澹**」寫海水蕩漾，是動態；「**竦峙**」寫山島聳立，是靜態，相互映襯。再寫草木，「**樹木叢生，百草豐茂**」，描寫草木繁茂，欣欣向榮的景象。

　　最後寫秋風和洪波，「**秋風蕭瑟**」，用風吹起幾片黃色的樹葉表示，「**洪波湧起**」是海上湧起巨大的波浪，這些都是實寫。然後虛寫，借奇特的想像表現大海吞吐日月，包容星漢的情景。「**星漢**」指的是銀河。「**日月之行，若出其中，星漢燦爛，若出其裡**」虛中有實，實中有虛，表現了詩人開闊的胸襟和偉大的抱負。最後兩句是附文，為合樂而加。「**幸甚至哉**」意思是太幸運了，「幸」取諧音畫了一顆心，並畫了一個點讚的手表示「很，特別」，「**歌以詠志**」用一個唱歌的人在唱出自己的志向來表達。

聞王昌齡左遷龍標遙有此寄

〔作者〕李白 〔朝代〕唐朝

文題解讀

「聞」，聽說。「王昌齡」，唐代著名詩人，作者的朋友。「左遷」，降職。「龍標」，唐代縣名，在今湖南洪江西。詩題交代了寫作本詩的緣由。

經典原文	參考譯文
楊花落盡子規啼， 聞道龍標過五溪。 我寄愁心與明月， 隨君直到夜郎西。	楊花柳絮已經落盡，杜鵑鳥在不停地啼鳴，聽說你被貶到龍標去了，一路上要經過五條溪水。我把為你而憂愁的心，託付給天上的明月，它伴隨著你，一直走到那夜郎的西邊。

心智圖

繪者：魏一烽

導圖解析

　　為了快速記憶，這幅導圖運用了**全影像**表達的方式。詩題中的龍標可以想到一條龍和一支標槍。整首詩分為四部分，分別用四個關鍵詞概括為：**時間、聽聞、思念和希望**。首句寫景兼點時令，楊花飄落，子規啼叫，渲染了暮春環境，烘托出一種傷感的氛圍。「**子規**」原意是杜鵑，為了迅速回憶諧音為「**紙龜**」，畫了「**紙和烏龜**」。「**啼**」畫了楊花上長了**蹄子**。

　　次句點題，「**龍標**」畫了帶龍圖案的飛鏢和靶子，「**五溪**」畫了五條溪流，表明了貶謫之地的荒遠。第三句中「**寄**」畫了信箱，「**愁心**」畫了一顆紅心疊成的信封，「**明月**」畫了一彎月亮。「**夜郎西**」畫了月亮、狼和 W（west）來輔助記憶。在理解原文意思的基礎上，適當地運用了影像轉換的方式來幫助快速背誦此詩，而且記憶非常深刻持久。

次北固山下

〔作者〕王灣 〔朝代〕唐朝

文題解讀

　　「次」，停宿。「北固山」，在今江蘇鎮江北。詩題交代了寫詩的地點。

經典原文	參考譯文
客路青山外，行舟綠水前。潮平兩岸闊，風正一帆懸。海日生殘夜，江春入舊年。鄉書何處達？歸雁洛陽邊。	我要走的道路，正從青青北固山向遠方伸展，江上碧波蕩漾，我乘船向前。潮水上漲，與岸齊平，江面變得開闊，水上的風吹拂著，一葉白帆高高懸掛。紅日從東海上誕生了，衝破殘夜，驅盡大地的黑暗，大江瀰漫著溫暖的氣息，舊年未盡，已是春天。我多麼思念故鄉，書信早已寫好，如何寄回家園？掠過天空北歸的鴻雁啊，拜託你們，把信捎到洛陽那邊。

心智圖

繪者：吳浚銘

導圖解析

　　這幅導圖的中心圖是表示詩人泊舟北固山時，所見江南冬末的景色和產生的**感受**，抒發了詩人流落在外，不得歸鄉的愁思，流露出思念故鄉和思念親人的感情。

　　全詩分為三個大綱主幹，第一個大綱主幹由中心圖中的樹延展開來，用關鍵詞「**旅途**」概括，首聯以圖「**青山、道路、船和碧水**」來表示詩句「客路青山外，行舟綠水前。」意思是羈旅天涯的漫漫征途遠在青山之外，我乘船在碧波上前行。首聯點題，表明船到岸上後，作者還要到別處去，暗含路途奔波之意。

第二個大綱主幹是以江水來延展，用關鍵詞「**景觀**」概括，景觀分為頷聯和頸聯。頷聯寫船上所見的景色，以圖「**潮、岸、風和帆**」來表示詩句「潮平兩岸闊，風正一帆懸。」意思是潮水漲滿，兩岸與江水齊平，整個江面十分開闊。江風順江吹來，一葉船帆風中高懸。「潮平」，兩岸才顯寬闊；「風正」，帆才有懸空的態勢。頸聯既寫景又點明時令，以圖「**海日、殘夜、江春、舊年和上下箭頭**」來表示詩句「海日生殘夜，江春入舊年。」意思是夜還未消盡，紅日已從海上升起，江上春早，舊年未過，新年已來。

第三個大綱主幹，也就是尾聯，可以概括為「**思鄉**」，以圖「**鄉書、地標和歸雁**」來表示詩句「鄉書何處達？歸雁洛陽邊。」意思是給家人寫的書信要寄到哪兒呢？寫作者想借大雁為自己傳遞家書，也就是「歸雁傳書」，可見**思鄉**情切！

天淨沙·秋思

〔作者〕馬致遠　〔朝代〕元朝

文題解讀

「天淨沙」是曲牌名，「秋思」是題目。「秋」是特定季節，「思」是題眼，「秋思」概括了全曲的內容，透露了遊子思鄉的愁緒。

經典原文	參考譯文
枯藤老樹昏鴉， 小橋流水人家， 古道西風瘦馬。 夕陽西下， 斷腸人在天涯。	乾枯的藤、衰老的樹，樹上棲息著黃昏歸巢的烏鴉。小小的橋、潺潺的流水，近處坐落著幾處人家。古舊的道路、蕭瑟的秋風，走來一匹疲憊不堪的瘦馬。夕陽已經朝西方落下，思念懷鄉的漂泊人還遠在天涯。

心智圖

繪者：韋詩怡

導圖解析

　　這首小令分為了兩部分。前三句描寫了深秋傍晚蕭索淒涼的景色，「枯藤、老樹、昏鴉」構成了第一幅畫，「小橋、流水、人家」構成了第二幅畫，「古道、西風、瘦馬」構成了第三幅畫。三句話、三幅畫，包含了九種景物。最後一句是抒情，抒發了遊子孤寂愁苦、思念家鄉的情感，也就是鄉愁。在這句中「斷腸人」指的是漂泊未歸的人，為了加深記憶，想到了這樣一個畫面，一個人頭頂著一根折斷的火腿腸。

峨眉山月歌

〔作者〕李白　〔朝代〕唐朝

文題解讀

　　峨眉山是蜀中大山，也是蜀地的代稱。李白是蜀人，因此峨眉山月也就是故園之月。

經典原文	參考譯文
峨眉山月半輪秋， 影入平羌江水流。 夜發清溪向三峽， 思君不見下渝州。	峨眉山上，半輪秋月高高掛在山頭，月亮倒映在平羌江中，彷彿和水一樣流動。在靜靜的夜晚，我從清溪乘船向三峽出發，思念朋友卻不得見，我只好乘船東去，直下渝州。

心智圖

繪者：魏一烽

導圖解析

　　整首詩全部用影像語言來表達，總共分為三部分。

　　第一部分概括為「風景」，第一分支首句點出了遠遊的時令是秋天，影像內容是按照原文字意繪製，峨眉山上，半輪秋月高高地掛在山頭，其中

「秋」用飄落的楓葉表示，以「秋」烘托月色之美，而且月只有「半輪」，使人聯想到青山吐月的優美意境。第二分支也就是第二句，不僅寫出了月映清江地的美景，同時暗點秋夜行舟之事，意境可謂空靈美妙。

第二部分概括為「**行動**」，點明詩人正連夜從清溪出發，乘船向三峽駛去。

第三部分概括為「**思念**」，流露出了依依惜別的無限情思，可謂語短情長。這裡運用了影像聯想轉換的方式，「下渝州」，想到了「**魚粥**」，來輔助回憶。

這首詩很有特點，一共涉及了五個地點：**峨眉山、平羌、清溪、三峽、渝州**，逐漸展開了一幅千里蜀江行旅圖，表達了詩人離開故鄉時的複雜情感及對友人的思念之情。

江南逢李龜年

〔作者〕杜甫　〔朝代〕唐朝

文題解讀

江南，這裡指今湖南省一帶。李龜年是唐代著名的音樂家，受唐玄宗賞識，後流落江南。

經典原文	參考譯文
岐王宅裡尋常見，崔九堂前幾度聞。正是江南好風景，落花時節又逢君。	當年在岐王宅裡，經常看到你的演出，在崔九堂前，也曾多次聽到你的歌唱。現在正好是江南風景秀美的時候，沒想到，在這暮春時節再次遇見你。

心智圖

繪者：魏一烽

導圖解析

　　這首詩運用了對比的手法，抒寫了時代的變遷，流露出詩人對「開元盛世」的無限眷戀和感時傷世之情。整幅心智圖把全詩分為兩部分，分別是：ONCE 曾經，NOW 現在。

　　第一部分 ONCE 曾經。第一個分支是按照詩句原意繪製的，意思是當年在岐王宅裡，經常看到你的演出。第二分支「崔九堂前幾度聞」意思是在崔九堂前，也曾多次聽到你的歌聲。在這裡為了便於深刻記憶，畫了鼻子在聞棒棒糖的畫面，突顯「幾度聞」。這兩句詩用意很輕，蘊含的感情卻深沉而凝重。詩人表面上是在追憶往昔與李龜年的接觸，實則是對「開元盛世」的深情懷念。

　　第二部分 NOW 現在。第一分支畫的是江南秀美的風景，第二分支畫的是作者杜甫和樂師李龜年在暮春時節重逢的場面。「落花時節」畫了花朵飄落，暗喻了國運的衰頹、社會的動亂和詩人的衰病漂泊。這兩句詩中，「正是」和「又」兩個詞一轉一迭，蘊藏著無限深沉的悲哀和感慨。「江南好風景」，恰恰成了人世亂離和身世沉淪的有力反襯。

行軍九日思長安故園

〔作者〕岑參 〔朝代〕唐朝

文題解讀

九日，指九月九日重陽節。

經典原文	參考譯文
強欲登高去，無人送酒來。遙憐故園菊，應傍戰場開。	九月九日重陽佳節，我勉強登上高處遠眺，在這戰亂的行軍途中，我心情沉重地遙望我的故鄉長安，那菊花大概靠近這戰場零星開放了。

心智圖

繪者：徐蒙偉

導圖解析

這首詩我是從總起、用典、抒情和聯想四個部分來記憶的。

　　首句寫詩人勉強地想按照習俗去**登高飲酒**。「強欲」能展現出作者此時是悲傷的，所以畫了悲傷的表情。

　　第二句巧用陶淵明的**典故**。意思是沒有像王弘那樣的人把酒送來，表明「行軍」的特定環境。「送酒」化用陶淵明的典故，陶淵明重陽日在宅邊的菊花叢中悶坐，剛好江州刺史王弘送酒來，於是痛飲至醉而歸。

　　第三句作者寫思念、憐惜長安故園的**菊花**，更見思鄉之切。本句用「遙」這一詞渲染離家之遠，所以畫了一條長長的道路。

　　第四句作者想著故鄉的菊花，此時應該在戰亂中開放了，「應開」二字型現出是作者的聯想，所以用了對話框加以表示。這句是想像之景，已突破單純的**惜花**、**思鄉**之意，而緊扣詩題中「行軍」二字，表達了詩人對飽經戰爭憂患人民的同情，對早日平定「安史之亂」的渴望。

夜上受降城聞笛

〔作者〕李益　〔朝代〕唐朝

文題解讀

　　受降城，唐朝名將張仁願為了防禦突厥，在黃河以北築受降城，分東、中、西三城，都在今內蒙古自治區境內。

經典原文	參考譯文
回樂烽前沙似雪，受降城外月如霜。不知何處吹蘆管，一夜征人盡望鄉。	回樂烽前的沙地白得像雪，受降城外的月色有如秋霜。不知何處吹起淒涼的蘆管，一夜間征 人個個眺望故鄉。

心智圖

繪者：徐蒙偉

導圖解析

　　這首詩透過描寫征人思鄉的典型環境和如泣如訴的笛聲，多角度描繪了戍邊將士濃烈的鄉思和滿懷的哀愁。詩的前兩句描寫了登城時所見的景色，第三句寫聲音，士兵們聽見了蘆管吹起的悲聲，最後一句寫征人的思鄉之情。根據古詩的內容，精簡之後，大綱主幹上的關鍵詞分別是「**見、聽、思**」。

　　「**見**」這一主幹後的兩句詩，呈現的是回樂烽和受降城的景色。這裡將「**沙**」這一字用了褐色的顏色寫出，貼近沙子本身的顏色，利於記憶。將「**雪**」用影像字呈現，在上面畫了雪花。這裡的兩個比喻描寫了邊塞月夜的獨特**景色**，詩人借景物來渲染淒涼的**心情**，而「**聽**」句則從聽說角度，給人「**蘆管**」悠悠的聯想，自然引出了下一句。

　　「**思**」這一部分表現了情感，所以將「**征人**」和「**望**」都做了「**影像字**」的處理來幫助記憶。「**征**」字裡畫了**武器**，「**人**」字下加上了**雙腳**，「**望**」字內畫了眼睛。

秋詞（其一）

〔作者〕劉禹錫　〔朝代〕唐朝

文題解讀

秋詞，點明要寫的季節是秋季。

經典原文	參考譯文
自古逢秋悲寂寥，我言秋日勝春朝。晴空一鶴排雲上，便引詩情到碧霄。	自古以來文人墨客每逢秋天都悲嘆冷清蕭條，我卻認為秋天要勝過春天。晴朗的天空中，一隻鶴直衝雲霄而上，也引發我的詩興飛到了藍天之上。

心智圖

繪者：張瑞紅

導圖解析

　　這首詩一反過去文人悲秋的傳統，讚頌了**秋天的美好**，並借一鶴直衝雲霄的描寫，表現了詩人豁達樂觀的**情懷**和奮發進取的豪情。

根據詩中描寫的內容，我分為秋景和詩情兩個部分。

第一部分是秋景：自古（影像字）逢秋悲（影像字）寂寥（信封上有聊天的圖示，表示聊），我言（火柴人肚子上寫上「L」表示的是詩人「**劉禹錫**」，還有一個對話方塊，表示「言」）秋日勝（影像字 WIN）春朝（影像字，有個太陽）。

第二部分是詩情：晴空（晴天太陽）一鶴排（「排」在詩中是「衝上」的意思，所以把「排」用箭頭表示）雲上，便引（用箭頭表示升空）詩情到碧霄（藍天）。詩人借景抒情，用鶴直衝雲霄的景象表現了**秋日之壯美**，這是對「秋日勝春朝」的生動闡述。一個「排」字形象地寫出了鶴一飛沖天，彷彿衝破白雲阻隔的**氣勢**，表現了詩人樂觀向上的精神和昂揚奮發的**鬥志**。

夜雨寄北

〔作者〕李商隱　〔朝代〕唐朝

文題解讀

寄北，寫詩寄給北方的人。詩人當時在巴蜀（現在四川省），他的親友在長安，所以說「寄北」。

經典原文	參考譯文
君問歸期未有期，巴山夜雨漲秋池。何當共剪西窗燭，卻話巴山夜雨時。	你問我回家的日子，我沒有定下歸期，今晚巴山下著大雨，雨水漲滿秋池。何時你我能重新相聚，共剪西窗燭花，再告訴你今夜秋雨，我痛苦的情思。

心智圖

繪者：張瑞紅

導圖解析

　　這首詩是詩人身居遙遠的異鄉巴蜀時寫給在長安的妻子的一首抒情七言絕句。詩人透過描寫現實之境的淒寒和想像之境的溫暖，表達了他漂泊異鄉，期盼歸期的感傷以及對妻子的深切思念之情。我在理解原意的基礎上，採用全諧音的方式**轉化影像**，做到看著導圖就可以把詩句快速還原。

　　第一部分：實寫。首句（第一分支）點題，一問一答，跌宕有致。「君」（詩中指的是詩人的妻子，用一個簡單畫的女士表示）問（用對話方塊表示）歸（諧音「烏龜」）期（**掛曆**）未有期（**掛曆**有個×）。次句（第二分支）寫景，淒涼的秋夜之雨，愁隨雨漲，情景交融。

　　巴山（諧音「芭蕉扇」）夜雨（音譯：月亮下雨）漲（向上的箭頭）秋（秋樹）池（池水）。

　　第二部分：虛寫。三、四句由實而虛，設想日後回家與妻子團聚時**剪燭西窗**，共話今宵的歡樂情景，把眼前的悽苦化成未來團聚的歡樂。何（諧音「荷葉」）當（諧音「鈴鐺」）共剪西（剪刀 × 座標）窗燭（窗戶蠟燭），卻話（諧音「孔雀嘴巴方向有三點」表示他在說話）巴山（一座綠色山）夜雨時（諧音：月亮下雨時間）。

十一月四日風雨大作（其二）

〔作者〕陸游　〔朝代〕南宋

文題解讀

　　此詩作於南宋光宗紹熙三年（西元 1192 年）十一月四日，詩的標題點明了寫作時間。

經典原文	參考譯文
僵臥孤村不自哀， 尚思為國戍輪臺。 夜闌臥聽風吹雨， 鐵馬冰河入夢來。	我因病僵直地躺在孤寂的山村，並不為自己哀傷，還想著為國家守衛邊關。夜將盡，躺在床上聽著風吹雨打的聲音，披著鐵甲的戰馬馳過冰封的河流，征戰疆場的情境又進入我的夢境中。

心智圖

繪者：張瑞紅

導圖解析

　　這首詩以「**痴情化夢**」的手法，形象地再現詩人渴望收復國土、報效國家的豪情和矢志不渝的精神，向讀者展示了詩人的一片**赤膽忠心**。

　　我根據有些人背古詩時，經常會出現第一個詞想不起來的情況，於是在每句詩中，挑選最能勾起原文回憶的一個動詞來作為大綱主幹，這四個動詞分別是：臥、思、聽、夢。

　　僵「臥」（第一條主幹）孤村（一間房子）不自哀（影像字裡面是笑臉圖案，表示「不自哀」），前兩句描寫現實。「僵臥」道出了詩人的老邁情況，「孤村」表明與世隔絕的狀態，一「僵」一「臥」淒涼至極。

　　尚「思」（第二條主幹）為國（圍巾圍著一個「國」）戍（原意是守衛，這裡用兵器表示）輪臺（原意是邊關，這裡諧音「輪胎」）。一個「思」字，

表現出詩人堅定不移的報國之志和憂國憂民的拳拳之心。

　　後兩句是前兩句的深化，由現實轉入夢境。夜闌臥（月亮出來了，躺在床上）「聽」（第三個主幹）風吹雨（風吹出雨），鐵馬（披著鐵甲的戰馬）冰河入（睡覺圖片）「夢」（第四條主幹）來。「鐵馬冰河入夢來」正是詩人日思夜想的結果，淋漓盡致地表現了詩人的英雄氣概，使詩人強烈的愛國主義情感得到了更充分的展現。

潼關

〔作者〕譚嗣同　〔朝代〕清朝

文題解讀

　　潼關，在今陝西潼關北，關城臨黃河，依秦嶺，當山西、陝西、河南三省要衝，歷來為軍事重地。

經典原文	參考譯文
終古高雲簇此城，秋風吹散馬蹄聲。河流大野猶嫌束，山入潼關不解平。	自古至今，高天的滾滾雲濤團團簇擁著這座城，一任獵獵秋風吹散了清脆的馬蹄聲。奔騰的黃河流入平坦廣闊的原野仍嫌受拘束，連綿的秦嶺山脈，進入潼關（以西）便再也不知何謂平坦。

心智圖

繪者：張瑞紅

導圖解析

　　這首詩透過描寫詩人途經潼關的所見所感，展現了潼關雄偉壯觀的景象，同時也反映了少年詩人豪邁奔放的熱情和衝破封建束縛、追求個性解放的願望。

　　我根據詩中描寫的景物，以雲、風、河、山作為四條大綱主幹的關鍵詞。

　　第一部分「雲」。這句寫潼關的歷史和氣勢。終古（鍾和鼓表示，點明了潼關歷史悠久）高雲（大綱主幹，「高雲」突出了潼關高大雄偉）簇（影像字，代表雲濤團團簇擁）此城（城牆）。

　　第二部分「風」。秋（乾枯的樹被風吹斜）風吹散（第二條大綱主幹）馬蹄聲（馬蹄踏出的聲音）。

　　第三部分「河」。河流（第三條大綱主幹）大野（平坦廣闊的原野）猶嫌

束（想像魷魚很鹹，裡面有個「束」字）。這句寫清脆的馬蹄聲被秋風吹散，顯出潼關的寂寥與遼遠。

　　第四部分「山」。山入（第四條大綱主幹）潼關（地標表示）不解平（運用了影像字，平字裡面，不是用 × 表示，解用？表示）。這兩句巧用擬人的手法，描寫**黃河**、**秦嶺**，突出了黃河咆哮的氣勢和秦嶺高聳險峻的形勢。

七年級
下冊

木蘭詩

〔朝代〕北魏

文題解讀

　　〈木蘭詩〉，又名〈木蘭辭〉。〈木蘭詩〉，題目鮮明地指出本詩的寫作對象是木蘭。

經典原文	參考譯文
唧唧復唧唧，木蘭當戶織。不聞機杼聲，唯聞女嘆息。問女何所思，問女何所憶。女亦無所思，女亦無所憶。昨夜見軍帖，可汗大點兵，軍書十二卷，卷卷有爺名。阿爺無大兒，木蘭無長兄，願為市鞍馬，從此替爺征。	嘆息聲一聲接著一聲，木蘭對著門織布。聽不到織布機發出的聲音，只聽到木蘭的嘆息聲。問木蘭想的是什麼，問她思念的是什麼。木蘭說她什麼都沒想，什麼也沒思念。昨天夜裡看見軍中的文告，可汗大規模地徵兵，徵兵的名冊很多卷，每一卷上都有父親的名字。父親沒有大兒子，木蘭也沒有哥哥，木蘭願意為此去買鞍馬，從此代替父親出征。

東市買駿馬，西市買鞍韉，南市買轡頭，北市買長鞭。旦辭爺孃去，暮宿黃河邊，不聞爺孃喚女聲，但聞黃河流水鳴濺濺。旦辭黃河去，暮至黑山頭，不聞爺孃喚女聲，但聞燕山胡騎鳴啾啾。萬里赴戎機，關山度若飛。朔氣傳金柝，寒光照鐵衣。將軍百戰死，壯士十年歸。

木蘭到各處集市買了駿馬、鞍韉、轡頭、長鞭等。早上辭別了父母，傍晚住在黃河岸邊，聽不到父母呼喚女兒的聲音，只聽見黃河水濺濺的流淌聲。早上從黃河出發，傍晚到達黑山頭，聽不見父母呼喚女兒的聲音，只聽見燕山腳下胡人的戰馬發出的啾啾聲。

遠行萬里，投身戰事，像飛一樣地越過一道道關塞山嶺。北方的寒氣傳送著打更的聲音，寒冷的月光照射在鎧甲上，將士身經百戰，有的戰死沙場，有的勝利歸來。

歸來見天子，天子坐明堂。策勳十二轉，賞賜百千強。可汗問所欲，木蘭不用尚書郎，願馳千里足，送兒還故鄉。

回來朝見可汗，可汗坐在朝堂上，木蘭被記很大的功，賞賜很多的財物。可汗問木蘭想要什麼，木蘭不願做尚書省的官，希望騎上千里馬，送木蘭回到故鄉。

爺孃聞女來，出郭相扶將；阿姊聞妹來，當戶理紅妝；小弟聞姊來，磨刀霍霍向豬羊。開我東閣門，坐我西閣床，脫我戰時袍，著我舊時裳。當窗理雲鬢，對鏡貼花黃。出門看火伴，火伴皆驚惶：同行十二年，不知木蘭是女郎。

父母聽說女兒回來，互相扶持著到外城；阿姐聽說妹妹回來，對著門整理豔麗的裝束；小弟聽說姐姐回來，磨起刀來宰殺豬羊。回到家中開啟我東屋、西屋的門，坐坐我東屋、西屋的床。脫下我的戰袍，穿上我以前的舊衣裳。當著窗戶、對著鏡子先梳理好看的頭髮，再貼上好看的黃花。出屋子去看望軍中的同伴，軍中的同伴都大為吃驚：共事很多年，竟然不知道木蘭是女郎。

雄兔腳撲朔，雌兔眼迷離；兩兔傍地走，安能辨我是雄雌？

據說，提著兔子的耳朵懸在半空中，雄兔兩隻前腳時時動彈，雌兔兩隻眼睛時常瞇著，所以容易辨認；雄雌兩兔貼近地面跑，怎能辨別哪隻是雄兔，哪隻是雌兔呢？

心智圖

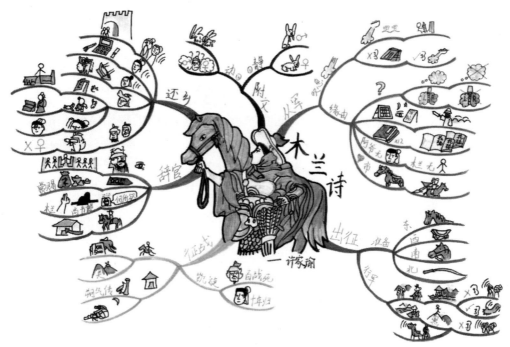

繪者：許家瑜

導圖解析

　　這幅圖的中心圖是一位**將士牽馬徐行**，可能是征戰沙場，可能是勝利還朝，也可能是辭官還家途中。從秀氣的臉龐和眼睫毛可以看出她**女扮男裝**，突顯了故事的主要特點。

　　第一部分寫木蘭替父「**從軍**」，分別寫了「嘆息」和「緣由」。「唧唧」是嘆息聲，畫嘴巴發出氣流代表嘆氣。畫一個火柴人對著門織布的情景，來表達「當戶織」。「不聞機杼聲」中「聞」是聽到的意思，這裡用耳朵表示。「問女何所思，問女何所憶」，用「問號」來表示「問」，「所思」則用表示思考的「雲朵」表示，畫個紅色的 ×，表示「無所思」。用插了 USB 的大腦表

示「所憶」，畫上紅色的 ×，表示「無所憶」。

日曆表示昨天，星星和月亮代表夜晚，合起來就是「昨夜」。「見」用眼睛表示。一個少數民族的將士，拿著寶劍指揮士兵來表示「可汗大點兵」。「軍書十二卷」用一本冊子乘以 12 表示，在每一本上都寫上父親「花弧」的名字代表「卷卷有爺名」。「阿爺無大兒，木蘭無長兄」，畫壯年男子突出緣由。「願」是心願的意思，用一個紅心表示。「鞍馬」指馬鞍和馬具，畫了一匹馬上面放著黃色的馬鞍來表示。用一個士兵馳騁疆場表示「從此替爺征」。

第二部分寫出征，分別寫了「準備」和「行軍」。

準備方面。東市買「駿馬」，畫一匹馬；西市買「鞍韉」，畫馬鞍和鞍墊；南市買「轡頭」，畫馬頭上的馬銜和韁繩來表示；北市買「長鞭」則用一個馬鞭表示。

行軍方面。「旦辭爺孃去」，用太陽在山頭露臉表示「旦」，村口整裝待發的木蘭與父母辭別。用太陽落山表示「暮」，軍營帳篷表示「宿」。再畫一條河流，表示「暮宿黃河邊」。紅 × 和耳朵表示聽不見，「爺孃喚女聲」畫了兩個火柴人，加上聲音的符號來表示。黃河加上聲音符號表示「黃河流水鳴濺濺」。「旦辭黃河去」和之前一樣，把兩個人換成黃河。「暮至黑山頭」用一個人站在山頂表示。「不聞爺孃喚女聲」和之前的影像一樣，「但聞燕山胡騎鳴啾啾」則畫了胡人裝束的人站在一匹馬旁邊，另外加上聲音的圖示。

第三部分寫十年「征戰」，分別從「征途」（用一個人騎馬飛奔表示）、宿營（帳篷）和凱旋三個方面寫的。一匹戰馬從寫有 500 萬公里的界碑飛馳而過表示「萬里赴戎機」，一匹馬在寫著關山的山頂飛馳表示「關山度若飛」。「金柝」是打更的器物。「鐵衣」是將士的鎧甲。最後凱旋部分，將士們經過十年征戰，有的犧牲了，而木蘭等回來了。畫了將軍和壯士的頭像來突出內容。

第四部分寫的是「辭官」。「歸來見天子」，用一隻眼睛看寫有天子的人

的腦袋表示。「天子坐明堂」用皇帝坐在極大的黃色的座椅上，周圍是很多人。用軍官的肩章表示「策勳十二轉」，用很多金銀和錢袋表示「賞賜百千強」。用推辭的手勢表示「不用」，「尚書郎」用官帽表示，一個騎馬的士兵朝一間房子走去表示「願馳千里足，送兒還故鄉」。

第五部分寫「還鄉」。分別寫了**爺孃、阿姊、小弟、木蘭**和**夥伴**幾個人物的不同表現。爺孃是「出郭相扶將」，兩個人相互攙扶著出城迎接。阿姊是「當戶理紅妝」，用化妝品和工具表示；小弟是「磨刀霍霍向豬羊」，畫的是磨刀殺豬羊；木蘭是「開我東閣門，坐我西閣床」門上寫個英文字母 E 表示「東閣門」，床上寫個 W 表示「西閣床」。「脫我戰時袍，著我舊時裳」，用卸掉鎧甲、穿上**女兒裝**表示。「當窗理雲鬢，對鏡貼花黃」，則用女子的**髮型**和**額頭**圖案表示。夥伴「驚惶」，用驚慌的表情包表示。一個紅 × 加上女性圖示表示「不知木蘭是女郎」。

第六部分是「附文」，從圖上可以看出，靜止時，雄兔前腳爬搔，雌兔瞇眼；跑動時，無法辨別。這一節詩以兔為喻，從靜動兩種不同情況下兔子的不同表現，讚美了木蘭的謹慎和機敏，妙趣橫生，令人回味。

登幽州臺歌

〔作者〕陳子昂　〔朝代〕唐朝

文題解讀

「登」為攀登之意。幽州，周代古州名，範圍包括今河北北部、北京市及遼寧一帶。幽州臺，即薊北樓，是戰國時燕昭王為招納天下賢士所建，故址在今北京西南。「歌」是古代的一種詩體，即歌行體。

經典原文	參考譯文
前不見古人， 後不見來者。 念天地之悠悠， 獨愴然而涕下！	（追憶歷史）往前不見古代招賢的聖君，（嚮往未來）往後不見後世求才的明君。（登樓遠眺）想到宇宙邈遠、廣闊無邊，我深感人生的短暫和人的渺小，獨自憑弔，我悲傷難過，潸然淚下！

心智圖

繪者：韋詩怡

導圖解析

　　這幅導圖的中心圖，畫的是詩人陳子昂登上幽州臺後，前思古人，後念來者，自己卻只能獨立人間，呈現出懷才不遇，悲傷落淚的畫面。

　　這幅心智圖把整首詩分為了三個部分，分別用「俯仰古今」、「登樓眺望」、「獨自憑弔」來概括。

　　第一部分：俯仰古今，寫出時間的綿長。「前不見古人，後不見來者」，這句話中同時出現了「不見」，所以把「不見」提前，用「打 × 的眼睛」表

示。前和後運用了包含箭頭的影像字，前後是並列關係。

　　第二部分：登樓眺望，寫空間的遼闊無限。「念」用嘴巴表示，一個念字，表現了詩人包羅宇宙、的精神境界。「天地」則用藍天和土地表示。

　　第三部分：獨自憑弔，寫詩人孤單、悲苦的心境。一個「獨」字，渲染了詩人心中不可名狀的孤獨悲涼之感。「涕下」，潸然淚下，畫了個哭臉。

　　這首詩傳達出時間的綿長無盡，空間的廣闊無邊，以及個人置身其中的孤獨和渺小感，喚起的是人類共有的那種在廣袤時空中不知自己置身何處、何去何從的茫然感，富有感染力。

〔作者〕杜甫　〔朝代〕唐

文題解讀

　　「望」是遠遠地看，「嶽」指高大的山。杜甫的〈望嶽〉共三首，一首詠東嶽泰山，一首詠西嶽華山，一首詠南嶽衡山。本詩詠東嶽泰山。

經典原文	參考譯文
岱宗夫如何？齊魯青未了。 造化鍾神秀，陰陽割昏曉。 蕩胸生曾雲，決眥入歸鳥。 會當凌絕頂，一覽眾山小。	泰山到底是什麼樣的呢？泰山橫跨齊魯，青色的峰巒連綿不斷。大自然將神奇和秀麗集中於泰山，山的南北兩面，一面明亮，一面昏暗，截然不同。層雲生起，使心胸震盪，張大眼睛遠望飛鳥歸林。終要登上泰山的頂峰，一眼望去，群山都顯得渺小。

心智圖

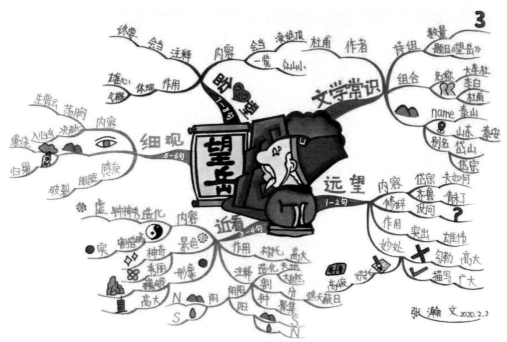

繪者：張瀚文

導圖解析

　　這幅導圖以賞析的形式，清晰地呈現出了這首詩的核心內容。

　　第一部分是文學常識，是考試中經常會考到的內容。其中不僅囊括作者的介紹，還講解了這首詩的主角 —— 泰山。

　　第二部分（1—2 句）寫遠望所見，運用設問的修辭手法，總括泰山的全貌，突出其雄偉的山勢。這部分用關鍵詞「遠望」概括，分支分別從內容、修辭、作用、妙處四方面進行分析。妙處部分，借齊、魯兩地來烘托泰山的高峻。

　　第三部分（3—4 句）寫近看泰山，第 3 句寫泰山神奇秀麗的景色，用

虛筆；第4句寫泰山巍峨高大的形象，是實寫。灰色虛線圈代表虛筆，紅色圈代表實寫。其中註釋部分，「造化」指的是天地、大自然。「割」是分的意思，用得極好，寫出了陽光就像被一把碩大的刀切斷了一樣，突出了泰山遮天蔽日的形象。「鍾」是聚集的意思。陰陽，古人以山北水南為陰，山南水北為陽。

　　第四部分（5—6句）寫細觀泰山。眼睛代表看到，看到山中層雲繚繞，飛鳥歸巢，因為是張大眼睛去看，所以有一種眼眶破裂的感受。

　　第五部分（7—8句）寫由望嶽產生的登嶽願望。這兩句是化用了孔子的名言——「登泰山而小天下」，表達了詩人不怕困難，勇於攀登絕頂、俯視一切的雄心和氣概。

登飛來峰

〔作者〕王安石　〔朝代〕北宋

文題解讀

　　「登」為攀登之意。飛來峰，即浙江紹興城外的寶林山，唐宋時其上有應天塔，故又俗稱「塔山」，古代傳說此山自琅琊郡東武（今山東諸城）飛來，因此得名。

經典原文	參考譯文
飛來山上千尋塔， 聞說雞鳴見日升。 不畏浮雲遮望眼， 自緣身在最高層。	飛來峰峰頂有座千尋高的塔，聽說雞鳴時分可以看見旭日升起。不怕層層浮雲遮住我那遠眺的視線，因為我站在塔的最高處。

心智圖

繪者：許家瑜

導圖解析

　　這幅圖的中心圖是飛來山上的一座塔。這首詩具有很強的畫面感，每一句詩都可以用一幅圖表示。第一句「飛來山上千尋塔」，畫一座山峰，上面再畫一座很高的塔。「千尋塔」本意是很高的塔。第二句是傳說之景，「聞說雞鳴見日升」用太陽在山頭露臉表示「日升」，山上畫一隻雞在叫，就可以把傳說之景表達清楚。雞鳴日升的燦爛圖景也是美好前程的象徵。

　　第三句轉入議論，即景說理，直抒胸臆。「不畏浮雲遮望眼」，畫了一隻透過雲層的眼睛來表達。浮雲既是實寫，又是比喻。「不畏」表現了詩人勇往直前的進取精神。最後一句「自緣身在最高層」，畫了一座高塔，人在塔的最高層。「最高層」表面上是塔的最高層，實則暗喻政治的最高決策層，表現詩人變法革新的政治理想和遠大抱負。

游山西村

〔作者〕陸游　〔朝代〕南宋

文題解讀

「遊」為遊覽之意。「山西村」是村莊名，在今浙江紹興。

經典原文	參考譯文
莫笑農家臘酒渾，豐年留客足雞豚。 山重水複疑無路，柳暗花明又一村。 簫鼓追隨春社近，衣冠簡樸古風存。 從今若許閒乘月，拄杖無時夜叩門。	不要笑農家臘月裡釀的酒渾濁，在豐收之年會備足雞肉、豬肉款待客人。山巒重疊、水流曲折正擔心無路可走，柳綠花豔忽然眼前又出現一個山村。將近社日，一路上迎神的簫鼓聲隨處可聞，村民們穿戴簡樸，古代的風氣仍然存在。今後如果還能這樣趁著月明來閒遊，我一定拄著拐杖隨時來敲門。

心智圖

繪者：張瑞紅

導圖解析

　　我製作這幅心智圖前設立的目標是：在 5 分鐘內把這首古詩一字不差地背下來。

　　全詩可分為四部分，分別是詩人遊山西村的原因、途中、見聞以及感受。同時分別用四個影像表示：老鷹（起因）、紅中（途中）、耳朵（見聞）以及愛心（感受）表示。

　　第一個大綱主幹是「起」，即是出遊山西村的原因。

　　第一個內容分支「莫笑農家」轉換的影像是：一間房子上有一個笑臉，「莫笑」則在笑臉上畫一個 ×；「臘酒渾」轉換的影像是：「臘」想到的是臘腸；「酒」想到的是酒缸。

　　第二個內容分支「豐年留客」轉換的影像是：「豐年」想到鞭炮影像；「客」想到的是人；「足雞豚」轉換的影像是碟子裡裝滿了雞肉和豬肉。

　　第二個大綱主幹是「途」，即是在遊山西村途中看到的風景。

　　第一個內容分支「山重水複」轉換的影像是山和水；「疑無路」轉換的影像是問號和一條路，「無路」則在路上畫一個 ×；「柳暗花明」轉換的影像是柳樹和花，「暗」和「明」想到的影像是烏雲和陽光；「又一村」轉換的影像是：「又」想到的是柚子，「一」想到的是衣服，「村」則在袖子上顯現「木」和「寸」。

　　第三個大綱主幹是「見」，即是在遊山西村時看到及聽到的一些場景。

　　第一個內容分支是「簫鼓追隨」。這句轉換的影像是：一個有笑臉的鼓上放著一個錐形的鼓棒；「春社近」轉換的影像是一本日曆，因為詩中「春社」表示的就是一個節日，古代立春後第五個戊日為春社日。

　　第二個內容分支是「衣冠簡樸」轉換的影像是衣服和帽子，同時衣服上還打了一個補丁；「古風存」轉換的影像是照相機把這「古風」儲存下來。

第四個大綱主幹是「感」，即表達了詩人對田園生活的由衷喜愛和不捨之情。

第一個內容分支「從今若許」轉換的影像是一條蟲子（從）說（若許）yes；「閒乘月」轉換的影像是月亮上有翅膀，「閒」諧音「鹹」想到鹽巴；「拄杖」轉換的影像是詩人拄著拐杖；「無時夜叩門」轉換的影像是月亮升起來了，一間房子沒有時鐘，門卻被敲響出「咚咚咚」的聲音。

就這樣 5 分鐘把這首詩背好了，當然要在理解原文的基礎上採用這樣的方法效果更佳。

己亥雜詩（其五）

〔作者〕龔自珍　〔朝代〕清朝

文題解讀

「己亥」，指己亥年，為清道光十九年（西元 1839 年）。「雜詩」指即興隨感而作的無題詩，可以作為單首詩名，也可以作為組詩名。〈己亥雜詩〉是詩人於己亥年創作的組詩，一共 315 首，本詩是其中的第五首。

經典原文	參考譯文
浩蕩離愁白日斜，吟鞭東指即天涯。落紅不是無情物，化作春泥更護花。	我懷著無盡的離愁正對著白日西下，揚鞭東去，從此辭官赴天涯。飄落的花瓣不是無情之物，它化作春泥後會更好地培育新花。

心智圖

繪者：王楚鈞

導圖解析

　　本詩的前面兩句抒情，第一句抒離愁別緒的傷懷；第二句轉到豪放灑脫的慷慨。最後兩句為喻志，以自然界的循環法則表達自己的凌雲壯志。

　　接下來我們詳細分析一下詩人是如何將抒情和議論相結合來表達自己複雜情感的。

　　第一部分「離愁」和第二部分「豪放」，這兩部分分別從「敘」和「抒」兩個維度展開，主要抒寫詩人辭官離京時的心境。

　　第一部分，也就是首句「浩蕩離愁白日斜」寓情於景，白日西斜、日暮遲遲這樣一副景象，既勾起詩人胸中的別離愁緒（此處用箭頭連線出這種關係），又烘托這種心緒浩蕩難禁。

　　第二句「吟鞭東指即天涯」又用「天涯」二字映襯「離愁」，而這種離別

之情內並不只有愁緒，還有吟鞭東指的**豪放**，詩人騎馬揚鞭，離桎梏自己的京城越來越遠，終於可以按著心中志向闖一番事業。「浩蕩離愁」與「吟鞭東指」這兩幅畫面相反相成，詩人離京複雜的情感躍然紙上。

「落紅不是無情物」中「**落紅**」作為轉折，上承**離別**之情，下轉詩人的壯志，為昇華主題做了鋪墊，表達落下的花瓣不是無情的無用物。與「化作春泥更護花」一起借自然界的循環法則，表達詩人即使辭官，也會關心國家命運的可貴精神，此處插圖用**心形**括住「國家命運」，表現作者心繫國家；作者還以自己會化為「春泥」，為天下盡最後一點力量，孕育新的春天，來明自己報國之志。至此，詩人從離別的思緒中跳脫出來，感受到了自己肩上沉重的責任感、使命感，這兩句也因此成了千古絕句，傳唱至今。

本幅心智圖裡面插圖，多是用來描摹作者所寫的絕美景色，邏輯和框架基本按照原文展開，背誦記憶比較方便。

竹里館

〔作者〕王維　〔朝代〕唐朝

文題解讀

竹里館，輞川別墅二十景之一，應該是建在竹林裡的屋舍。

經典原文	參考譯文
獨坐幽篁裡，彈琴復長嘯。深林人不知，明月來相照。	我獨自坐在幽深的竹林裡，時而彈琴，時而長嘯。竹林深處清幽寂靜無人知曉，唯有明月善解人意，來照射我。

心智圖

繪者：趙麗君

導圖解析

　　這張心智圖的中心圖除了詩人王維，還融合了詩中最重要的三個元素——**竹林、古琴和明月**，而竹林的葉子擋住一大部分明月，表示這是一片既幽且深的竹林。

　　我把這首詩分為三個部分：地點、事和景。地點是「幽篁裡」；三件事：「獨坐」、「彈琴」、「長嘯」；景包含「深林」、「明月」。其實「幽篁」和「深林」都指的是竹林，「幽篁」既是詩人所在的地點，也是身邊的景色，為了便於記憶，特別分開，用連線表示。詳細分析如下：

　　第一部分：地點。地點是「幽篁」裡，主幹用了定位的圖示表示地點，幽是幽靜的意思，畫了一個禁止喇叭的圖示，篁是竹林的意思，透過**影像字**來表現，意在描繪出清新誘人的月夜幽林意境。

第二部分：三件事。這一月夜幽林之景是如此空明澄淨，在其間獨坐、彈琴、長嘯之人是如此安閒自得，塵慮皆空，外景與內情是抿合無間、融為一體的。所以在主幹表現上盡可能展現這種外景內情的意境。「獨坐」是在幽篁裡，兩字用影像字表示，並用連線連起來，便於理解記憶。其中「獨」是整首詩的詩眼。「彈琴」的琴也使用影像字，感受詩人的風雅，「長嘯」是吹口哨的意思，同樣用**影像字**展現，詞義一目了然，熟記於心。

第三部分：景。詩中寫到景物，只用六個字組成三個詞，就是：「幽篁」、「深林」、「明月」。第一句的「篁」與第三句的「林」，其實是一回事，是重複寫詩人置身其間的竹林，而在竹林前加「幽」、「深」兩字，強調這是一片既幽且深的竹林。如上所述，為了便於記憶，故幽篁裡分在**地點**分支裡。在圖中，把「林」形象化，意在林就是竹林。「人不知」和前面的「獨」相呼應，用影像來表示，直觀明瞭。

對普照大地的月亮，用一個「明」字來形容其**皎潔**，並無新意巧思可言，是人人慣用的陳詞。像是隨意寫出了眼前景物，沒有費什麼氣力去刻劃和塗飾，卻從平淡中見高韻，清幽絕俗。我畫了一個悠閒自得的月，盡可能表現其意境。「相照」兩字採用擬人手法，「照」字運用影像字，意在突出**明月**的清亮透澈。

春夜洛城聞笛

〔作者〕李白　〔朝代〕唐

文題解讀

洛城，即洛陽。

經典原文	參考譯文
誰家玉笛暗飛聲，散入春風滿洛城。此夜曲中聞折柳，何人不起故園情。	不知何人用笛子吹奏出悠揚的聲音，乘著春風散落全城。就在今夜的樂曲中，聽到令人哀傷的〈折楊柳〉，有誰的思鄉之情不會因此而生呢？

心智圖

繪者：賈威翔

導圖解析

　　〈春夜洛城聞笛〉是李白青年時遊洛城所作，因此中心圖我畫了一位揮毫題詩的青年形象。

　　首句寫的是初聞玉笛飛聲，概括為「聽」。此句中有一「暗」字，即表現悄然、隱約之意，帶有一種猜測性，聽到悠揚的笛聲，探尋它的來處，卻不知從何而來，何人所吹。

　　第二句寫的是想像中笛聲如春風般飄入洛陽。因是化無形為有形，自然用「見」來概括。而笛聲「滿城」，也是詩人運用想像與誇張手法的展現。說笛聲被春風吹散，傳遍了洛陽城，這是詩人的想像，也是藝術的誇張。

　　第三句寫詩人聽聞了笛聲後的思鄉之情，於是用「思（大腦）」概括。「此夜」中的夜，畫了個月亮表示，強調「此夜」，是對所有客居洛陽城的遊子而言，為結句「何人不起故園情」做鋪墊。

　　最後一句中，詩人思念家鄉親人，盼望也期望著早日團聚，便用了「望」字概括。此句中詩人隱晦地用了「何人」一詞，即指那些與自己一樣遠在他鄉的遊子。三、四句寫詩人自己的情懷，卻從他人反說。

　　短短的一首七言絕句，頗能展現李白詩歌的風格特點。李白這首詩寫的是「聞笛」，但它的意義並不限於描寫音樂，還表達了對故鄉的思念，這才是它感人的地方。整幅心智圖中，黑色線條上的**關鍵詞**代表的是補充說明性內容。

逢入京使

〔作者〕岑參　〔朝代〕唐朝

文題解讀

　　入京使，回京城長安的使者。

經典原文	參考譯文
故園東望路漫漫，雙袖龍鍾淚不乾。馬上相逢無紙筆，憑君傳語報平安。	回頭向東看自己的故鄉，路途遙遠，滿面淚水沾溼了衣袖，擦都擦不乾。途中與君邂逅，想寫封信卻沒有紙和筆，煩勞您給我的家人捎個口信，就說我一切安好。

心智圖

繪者：周婭楠

導圖解析

　　這是一幅全圖版的心智圖。在理解全文的基礎上，我將整首詩分為了四部分，分別用「**望路**」、「**思念**」、「**相逢**」、「**傳語**」四個關鍵詞作為大綱主幹的內容。

　　第一部分：望路。「故園」是指長安的家，所以畫了一座房子；「東望」用指南針表示，上面表明了 E（east）；「路」畫了一條小路，「漫漫」畫了「一個水桶裡的**水漫出來的樣子**」來輔助記憶，「路漫漫」給人茫然的感覺，說明離家之遠。

　　第二部分：思念。「雙袖」畫了「衣袖」，「龍鍾」指淚流縱橫的樣子，為了方便記憶，畫了「龍和鍾」，「淚不乾」畫了一個小嬰兒一直在哭泣，擦都擦不乾。這句用了誇張的手法，表達了詩人對親人的無限眷戀之情。

　　第三部分：相逢。「馬上」畫了一匹馬和一個箭頭，「相逢」畫了針縫東西。「無紙筆」畫了 × 後面表並列關係的「紙和筆」。

　　第四部分：傳語。「憑」原意是「請求、煩勞」的意思，畫了「天平」，「傳語」原意是「捎口信」，畫了「**船和對話方塊**」表示。「報平安」畫了個人代表平安，一切安好。在理解全文大意和作品主旨的基礎上，為了能看一遍就背誦下來，整幅心智圖全部運用了**影像記憶的方法**。

〔作者〕韓愈　〔朝代〕唐朝

文題解讀

　　晚春，點明了作者所寫的時節。

經典原文	參考譯文
草樹知春不久歸，百般紅紫鬥芳菲。楊花榆莢無才思，惟解漫天作雪飛。	花草樹木知道春天即將歸去，它們費盡心思紛紛爭芳鬥豔。楊花、榆莢沒有百花的芬芳，只知道飄散在空中，如雪花般盡情飛舞。

心智圖

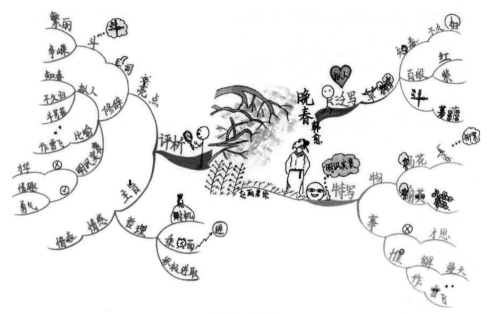

繪者：趙麗君

導圖解析

　　這是一首描繪暮春景色的七絕。詩人不寫百花稀落、暮春凋零，卻寫草木留春，而呈萬紫千紅的動人情景：花草樹木探得春將歸去的消息，便各自施展出渾身解數，吐豔爭芳，色彩繽紛，繁花似錦，就連那本來乏色少香的楊花、榆莢也不甘示弱，化作雪花隨風飛舞，加入了留春的行列。寥寥幾筆，給予人滿眼風光、耳目一新的印象。

　　這張心智圖的中心圖也是寥寥幾筆，盡可能展示詩人**體物入微**，現花草燦爛之情狀，展**晚春滿目**之風采。

　　我把本詩分為三個部分：**泛寫**、**特寫**、**評析**。詩文用擬人化的手法泛寫了各色草木，描繪了晚春的繁麗景色，特寫了楊花、榆莢雖缺乏草木的「才思」，但不因此藏拙，而為晚春增添一景。詳細分析如下：

第一部分：泛寫。這個部分主幹畫了發揮最大威力的人，一是展現擬人的修辭手法，二是發出來的威力，有三點和泛寫的泛相融合，暗含各色草樹「鬥芳菲」的場景，「草樹」、「知春」、「鬥芳菲」，都用了影像字，草樹本屬無情物，竟然能「知」能「鬥」，實為詩中所罕見，有趣至極。

第二部分：特寫。主幹畫了手比讚的人，表現明諷實褒的寓意。**楊花**、**榆莢**雖是最平常之物，但詩人卻運用擬人手法讓它們富有情趣，給它們用影像字也是為了展現情趣。它們有趣的地方是什麼呢？無才思，「惟解漫天作雪飛」，解漫天和作雪飛的意思是在空中飄舞，像是雪在飛舞一般。

第三部分：評析。主幹畫了用放大鏡審視的人，發現了詩文的亮點和主旨。

亮點包含「好詞」和修辭，這首詩裡的好詞很多，最棒的是「**鬥**」字，一個「鬥」把晚春繁麗、崢嶸的景象展現的淋漓盡致。修辭方面運用了擬人、比喻和明諷實褒，「知春」、「不久歸」、「鬥芳菲」都採用了擬人的手法，讓人印象深刻。作雪飛運用了比喻的手法，把楊花、榆莢比作雪在飛。明諷實褒，它們雖無才華，卻有情趣和勇氣。

主旨部分包含了詩人**惜春**的情感，也告訴了我們很多哲理：抓住時機、乘時而進、積極進取。運用**影像字**的形式表示這部分很重要，希望我們都能牢記這些哲理。

泊秦淮

〔作者〕杜牧　〔朝代〕唐朝

文題解讀

秦淮，即秦淮河，長江下游疏通淮水開鑿。秦淮河流經過的南京夫子廟一帶，在六朝時十分繁華。

經典原文	參考譯文
煙籠寒水月籠沙，夜泊秦淮近酒家。商女不知亡國恨，隔江猶唱後庭花。	月色和煙霧籠罩著寒水和白沙，夜晚把船停泊在秦淮河岸邊靠近酒家的地方。歌女不知道什麼叫亡國之恨，隔著江水還在唱〈玉樹後庭花〉。

心智圖

繪者：劉梅豔

導圖解析

　　這首詩是詩人夜泊秦淮時觸景感懷之作。這張導圖的中心圖展現了詩的**真實圖景**：詩人杜牧夜泊秦淮，在近酒家處聽到商女在唱亡國之音——〈玉樹後庭花〉。

這張導圖分為三個部分：**景色、詩人、商女**。

第一部分：景色。這個部分中有一個不同凡響的字眼就是「籠」，「籠」字把煙、水、月、沙很好地融合在一起。在這裡，煙和月是**並列關係**。「煙籠寒水」，所以煙和寒水是**遞進關係**。「月籠沙」，同樣月和沙是遞進關係。

第二部分：詩人。這個部分交代了**時間和地點**。詩人「夜泊秦淮」，時間是「夜」，用了一個月亮表示，這個月亮在導圖中出現了三次，一個是中心圖中的**月亮**，一個是景色部分中的月亮，它們之間是有時間關聯的，所以用相同的圖表示。由詩人延展出來的兩個分支「夜」和「泊」屬於並列關係，全部用**影像語言**來表達，簡單易懂。「酒家」這個關鍵詞的上方用的影像和中心圖中酒的影像是一樣的，也是在表達詩人就是近了這個酒家，在這酒家裡有商女，和下一句有很好的呼應。「夜泊秦淮」點題；「近酒家」為下文描寫「商女」做了鋪墊。

第三部分商女。這個部分主要講了商女「不知」和「猶唱」，所以這兩個關鍵詞是**並列關係**。不知什麼呢？不知「亡國恨」。猶唱什麼呢？猶唱「後庭花」，在哪裡唱呢？「隔江」猶唱。依次**遞進**，描述細節。其中「不知」抒發了詩人對「商女」的憤慨，也間接諷刺不以國事為重、紙醉金迷的達官貴人，即醉生夢死的統治者。「猶唱」二字將歷史、現實巧妙地連繫起來，表達**傷時之痛**，委婉深沉。

這幅導圖把所有的關鍵詞都新增了影像語言，背誦記憶時會容易很多。

賈生

〔作者〕李商隱　〔朝代〕唐朝

文題解讀

賈生，即賈誼（西元前200—前168年），洛陽人，西漢政論家，文學家。

經典原文	參考譯文
宣室求賢訪逐臣，賈生才調更無倫。 可憐夜半虛前席，不問蒼生問鬼神。	漢文帝為了求賢，曾在未央宮前殿的正室裡召見被逐之臣，論那賈誼的政治才能，確實是十分脫俗超群。可惜的是談到三更半夜徒然在座席上向前移動，他問的並不是天下百姓，而是鬼神的事！

心智圖

繪者：劉梅豔

導圖解析

　　這張導圖分為四個部分：**求賢、讚嘆、傾談、寓諷**。

　　第一部分求賢，交代了**地點**和宣見的對象。其中「宣室」是漢代長安城中未央宮前殿的正室，所以畫了一個宮殿，上面的牌匾寫的是「未央宮」。

　　第二部分讚嘆，讚嘆的是**賈生才調無倫**，所以這裡面的關鍵詞是依次**遞進**的關係。在「無倫」關鍵詞的上方畫了一個**大拇指**的影像，是為了更好地表達「更無倫」。

　　第三部分傾談，從時間和狀態兩方面描寫，時間是「夜半」，狀態是「前席」，後面分別有修飾語「可憐」和「虛」來進一步修飾時間和狀態。「可憐」是「可惜」的意思，是全詩的關鍵，表達了作者對**文帝**不關心百姓疾苦的批評之情。

　　第四部分寓諷，有一個很重要的動作就是「問」，「問」分為兩方面：一個是「不問」，一個是「問」。圖中的「叉號」和「勾號」也賦予了**表情**，描寫了漢文帝對「蒼生」不感興趣，對「鬼神」興趣濃厚。為了記住**寓諷**這個關鍵詞，畫了一個**魚骨頭露著鋒利的魚刺**。

　　整首詩在結構上採用了**先揚後抑**的手法 —— 前兩部分圍繞「重賢」逐步更新，節節上揚，三、四部分一轉，由強烈對照而形成的貶抑之情便顯得特別有力。

　　中心圖就是把這首詩的兩個重要人物，**賈生和漢文帝**呈現出來，同時描繪了他們**夜半傾談**的場景。整首詩的結構脈絡清晰，方便快速記憶。

過松源晨炊漆公店（其五）

〔作者〕楊萬里　〔朝代〕南宋

文題解讀

松源、漆公店，在今江西弋陽與餘江之間。晨炊，早餐。

經典原文	參考譯文
莫言下嶺便無難，賺得行人錯喜歡。正入萬山圍子裡，一山放出一山攔。	莫說從嶺上下來就不難，在下山之前，常騙得那些行人空歡喜一場。走入崇山峻嶺之中，你才從一重山裡出來，可是又被另一重山攔住了。

心智圖

繪者：劉梅豔

導圖解析

　　詩人楊萬里在作這首詩時已經是 65 歲高齡了。楊萬里從松源到漆公店需要走 72.3 公里。所以中心圖畫了一個老人弓腰駝背疲憊趕路，在漆公店留宿做早餐。導圖對遠處的群山峻嶺進行了擬人化的處理，它們高舉牌子，一山「放出」，一山「攔」。

　　這張導圖根據詩的表達順序分了兩部分：先果和後因。

　　第一部分先果，主要從兩方面來講，一個是「嶺」，一個是「行人」。

在這裡出現了兩個叉號，根據詩的意思賦予了不同的**表情色彩**。高興的叉號代表「無」，表示人們往往把下山看得**容易和輕鬆**，一點也不難，所以很開心。憤怒的叉號代表「錯」，一個錯字，突出表現了「行人」被「賺」（騙）後的**失落神態**，表示白白空歡喜一場，太令人氣憤了。「賺」字幽默風趣，點出了行人是被自己對下嶺的主觀想像騙了。

　　第二部分後因，主要講的是進入萬山圍子後，山的兩種狀態：「放出」和「攔」，其中的影像語言也和中心圖遙相呼應。「放」、「攔」兩字，將山賦予了人的思想、性格和行為。

〔作者〕趙師秀　〔朝代〕南宋

文題解讀

　　約客，兩字表明了詩中所寫之事。

經典原文	參考譯文
黃梅時節家家雨，青草池塘處處蛙。有約不來過夜半，閒敲棋子落燈花。	黃梅時節處處都在下雨，長滿青草的池塘邊傳來陣陣蛙鳴。時間已過午夜，已約好的客人還沒有來，我無聊地用棋子在棋盤上輕輕敲擊，震落了燈花。

心智圖

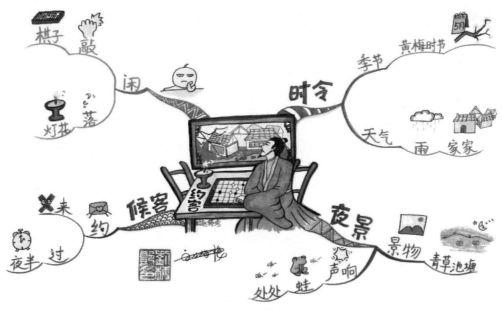

繪者：劉梅豔

導圖解析

這張導圖分為四個部分：**時令**、**夜景**、**候客**和**心情**，其中心情結合詩的語境，用影像語言表達了心情。

第一部分時令交代了季節和天氣。**黃梅時節**正值 5 月，所以畫了一個標有 5 月的日曆。用「家家」修飾雨，表現了**江南多雨**的氣候特徵，營造了一種煙雨迷濛、悠閒清淨的詩境。

第二部分是夜景，動靜結合。靜的景物：夜深人靜的青草池塘；動的聲響：處處蛙聲一片，用「處處」修飾蛙聲，寫生機盎然的**農村景象**。

第三部分是候客，最主要的一個字就是「**約**」，畫了一個遞上信封的畫面，表示「有約」。「不來」中的叉號加入了情緒色彩，畫上了**失落**的表情。

第四部分是心情，畫了一個人托腮無聊敲打桌面的人。這部分最重要的

一個字是「閒」。「閒敲棋子」是一處細節描寫，既寫出詩人雨夜**候客來訪**的情景，也寫出約客未至的**惆悵**的心情，可謂形神兼備。

　　這張導圖的中心圖展現了詩的圖景：詩人坐在窗前，擺好了棋盤，點上了油燈，對面的椅子上卻空空無人，詩人轉頭看向窗外，雨一直在下，樹上的梅子沒了，靜靜的夜晚，池塘邊蛙聲一片。

八年級
上冊

飲酒（其五）

〔作者〕陶淵明　〔朝代〕東晉

文題解讀

　　〈飲酒〉是一組五言古詩，共 20 首，寫於作者辭官歸隱後。課文中選的是其中第五首。

經典原文	參考譯文
結廬在人境，而無車馬喧。問君何能爾？心遠地自偏。採菊東籬下，悠然見南山。山氣日夕佳，飛鳥相與還。此中有真意，欲辨已忘言。	建造房舍住在喧囂擾攘的塵世，卻聽不到車馬的喧鬧。請問您如何能夠這樣呢？心靈遠離塵俗，住的地方自然覺得偏僻了。在東籬之下採摘菊花，不經意間，那遠處的南山映入眼簾。山間的雲氣在傍晚時更加美麗，飛鳥成群結伴歸巢。這裡邊有人生的真意，想分辨清楚，卻已忘了怎樣表達。

心智圖

繪者：羅舒勻

導圖解析

　　這幅心智圖的中心圖採用直譯的方式，「飲酒」畫了一罈「美酒」。其中包含了本首詩的核心要素：菊花、南山等。整幅導圖把這首詩劃分為五個部分。

　　第一部分：生活平靜。寫自己歸田後安靜的生活，雖然身居鬧市，卻不受塵俗的煩擾。人和車馬是並列關係。

　　第二部分：內心恬淡。其中第三句承上發問，第四句回答，在這裡運用了設問的修辭方法，透過一問一答，說明了只要思想上遠離官場，就能不受塵世煩擾的道理，展現了詩人超塵脫俗、淡泊名利的精神世界。

　　第三部分：閒適自在。「採菊東籬下，悠然見南山」這兩句是千古傳誦的名句。透過景物描寫，襯托出詩人閒適的心情。句中「悠然」一詞用得精妙，說明詩人所見所感，並非有意尋求，而是不期而遇。「見」是無意中看

見，畫了「眼睛」表示，它把詩人的視線無意中與南山相對接的情狀，不動聲色而又極其**傳神**地表現出來。

第四部分：陶醉悠閒。描寫傍晚時分山間的美景。「相與」是「相伴」的意思，所以畫了**一群飛鳥**結伴的畫面。

第五部分：生命真諦。這兩句直抒胸臆，從自然景色中領悟到生活的真諦，脫口而出，不事雕琢，自有神韻。

〔作者〕杜甫　〔朝代〕唐朝

文題解讀

題目點明了這首詩的寫作時間 —— 春天；「望」是看的意思，點明這首詩寫的是在春天看到的景象。題目簡潔凝鍊。

經典原文	參考譯文
國破山河在，城春草木深。感時花濺淚，恨別鳥驚心。烽火連三月，家書抵萬金。白頭搔更短，渾欲不勝簪。	都城已經淪陷，山河依舊存在，春天長安城內草木淒清。感傷國家時局，見花而飛濺熱淚，悲恨親人離散，聞鳥啼而驚亂人心。戰事直到如今春深三月仍然連續不斷，家書一封值萬金。滿頭白髮而今越搔越短，簡直連簪子也插不住了。

心智圖

繪者：羅舒勻

導圖解析

這首詩我分為四個來理解記憶：**所見、所感、期盼、憂愁**。

第一個部分首聯寫所見，表達詩人憂國之痛。寫「望」中所見**國破城荒**的悲涼景象，抒發沉痛之情。國都淪陷、城池殘破，雖然山河依舊，可是亂草遍地、林木蒼蒼，觸景生情。一個「破」字，使人**怵目驚心**；一個「深」字，令人**滿目悽然**。雖是寫景，但實為抒情，寄情於物，託感於景。

第二個分頷聯寫所感，表達詩人傷時之感。以「感時」一語**承上**，以「恨別」一語**啟下**。詩人睹物傷情，寄情於物，用**擬人**的手法深刻地表達了亡國之悲和離別之痛。「濺」、「驚」展現了詩歌語言的**動態美**，抒發了詩人強烈的痛苦悲傷之情，被譽為千古名句。

第三個部分頸聯寫期盼，表達詩人思親之切。這裡「烽火」畫的是古時邊防報警的煙火，這裡借指戰事。「連」畫了條繩子代表連綿，三月畫了日曆

表示暮春三月。「家書」用信封表示,「萬金」畫了很多金元寶。「家書抵萬金」,寫出了消息隔絕、久盼音訊不至時的**迫切心情**。

第四個部分尾聯寫憂愁,表達詩人悲己之情。借描寫白髮表現了詩人憂愁萬分、憔悴不堪的情狀,含蓄、生動,表達了詩人憂國傷時及思家之情。「搔」是解愁的動作,採用細節描寫,生動形象地刻劃了一個因國破家亡、焦慮憂愁而頻頻搔首的人物形象。「渾欲」中的「渾」,我想像成「鬼魂」,屬於形象記憶。

雁門太守行

〔作者〕李賀 〔朝代〕唐

文題解讀

「雁門太守行」是樂府曲名。

經典原文	參考譯文
黑雲壓城城欲摧,甲光向日金鱗開。角聲滿天秋色裡,塞上燕脂凝夜紫。半卷紅旗臨易水,霜重鼓寒聲不起。報君黃金臺上意,提攜玉龍為君死。	敵軍似烏雲壓城,城牆彷彿將要坍塌,鎧甲迎著雲縫中射下來的太陽光,如金色鱗片般閃閃發光。號角的聲音在這秋色裡響徹天空,邊塞上將士的血跡在寒夜中凝為紫色。紅旗不展,部隊抵達易水,凝重的霜溼透了鼓皮,鼓聲低沉。為了報答國君的賞賜和厚愛,手執寶劍甘願為國君血戰到死。

心智圖

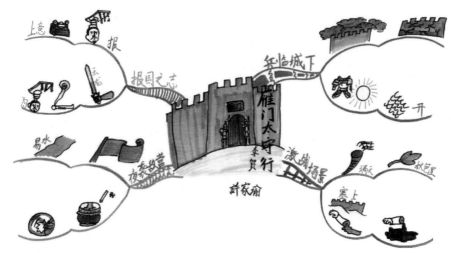

繪者：許家瑜

導圖解析

　　這幅圖的中心圖是戰爭將近，兩名守將拿著武器駐守在雁門關，嚴陣以待。這首詩以古樂府舊題寫戰爭。

　　第一部分寫敵軍兵臨城下。「黑雲壓城」用城牆上面是濃密的烏雲來表示，渲染**危機形勢**和緊張氣氛。城牆上裂縫遍布來表示「城欲摧」。「甲光向日」用戰士的鎧甲正對著陽光，表現了城內守軍的雄姿英發。黃色的**魚鱗**表示「金鱗開」。這裡既寫景又寫事，渲染了敵軍兵臨城下的緊張氣氛和危急形勢，寫出了守城將士的威武雄壯。

　　第二部寫激戰場景。把激戰中的邊塞風光描寫得**異常壯美**，從聽覺和視覺兩方面，渲染戰場上的悲壯氣氛和戰鬥的慘烈。用**號角**和**聲音**的圖示，加上黃色的**樹葉**表示「角聲滿天秋色裡」。「塞上燕脂凝夜紫」意思是邊塞上將士的血跡在寒夜中凝為紫色。這裡用**斷臂**裡流出來的血從**紅色**變成**紫色**來表示戰爭的悲壯。

第三個部分寫夜襲敵營，救援的軍隊半卷紅旗，向易水出發，這是一場苦戰。「半卷」，黑夜行軍，偃旗息鼓，為的是出其不意，攻其不備。「臨易水」既點明交戰的地點，又暗示將士們具有「風蕭蕭兮易水寒，壯士一去兮不復還」的壯懷激情。用大鼓上紋路、溫度計和雪花放在一起表示「霜重鼓寒」，鼓聲無法發出表示「聲不起」。

第四個部分寫報國之志。引用典故寫出將士誓死報效國家的決心。「黃金臺」顧名思義是指放著千兩黃金的臺子，是燕昭王所築，用以招攬天下奇才。「玉龍」是指玉龍寶劍。用靈魂出竅表示「死」，寫出了將士們以死報國的雄心壯志。詩人以斑斕的色彩，描繪出戰爭的悲壯慘烈，顯得奇異詭異。

赤壁

〔作者〕杜牧　〔朝代〕唐朝

文題解讀

赤壁，在今湖北省赤壁市西北長江南岸。西元 208 年，孫權與劉備聯合在此擊敗曹操大軍。詩中所寫的赤壁，實為黃州（今湖北省黃岡市）的赤鼻磯，詩人是借相同的地名抒發感慨。題目表明這是一首懷古詠史詩。

經典原文	參考譯文
折戟沉沙鐵未銷， 自將磨洗認前朝。 東風不與周郎便， 銅雀春深鎖二喬。	一支折斷的戟沉在江底積沙中，鐵還沒有銷蝕，我拿來磨光洗淨，辨認出是前朝遺物。假如東風不給周瑜以方便，結局恐怕是曹操取勝，二喬將被關進銅雀臺中了。

心智圖

繪者：韓利卿

導圖解析

　　杜牧這首〈赤壁〉是國中階段課內閱讀中唯一的一首**詠史詩**。詠史詩是中國古代詩歌的重要一類。繪者希望學生透過這張「鑑賞型」導圖，掌握學習古詩詞的**基本思路和方法**，明瞭古詩詞學習的要點。

　　這張導圖的亮點是：影像激發想像，發散思考。導圖分為四個部分來繪製：**作者、背景內容、賞析**。

　　這張導圖的中心主題更接近真實世界。中心圖以**紅色山脈**為背景，紅色既可以引起讀者注意，也可以使人聯想到火燒赤壁的戰爭場面；兩個漸變色的「赤壁」立體突出，嵌於石壁之上也掩埋於河沙之中，突出主題，同時復

現了**真實景象**，暗示了歷史的沉浮；字型空心，填充紫色，線條粗直，隱喻作者的性格特點，也隱含杜牧出身官宦之家；「石壁」、「黃沙」、「碧水」也引發讀者聯想相關詩句。

這張導圖的創意主幹傳遞**象徵訊息**。導圖中的創意主幹「翠竹」、「松樹」象徵杜牧剛正不阿、柔韌堅強的氣節和傲骨。

另外，這張導圖上插圖強調了**重點訊息**。小插圖「毛筆」、「帆船」、「竹枝」、「水波」、「風箏」、「心形鎖」、「戟」等使人一目了然，有助於記憶；使用**定位符號**標註「赤鼻磯」，意在告訴讀者，詩中所寫的赤壁，其實是黃州的赤鼻磯，作者借相同的地名抒懷。

〔作者〕王績　〔朝代〕唐朝

文題解讀

野望，眺望原野，交代了寫作對象。

經典原文	參考譯文
東皋薄暮望，徙倚欲何依。 樹樹皆秋色，山山唯落暉。 牧人驅犢返，獵馬帶禽歸。 相顧無相識，長歌懷採薇。	傍晚在東皋縱目遠望，我徘徊不定不知道歸依何方。層層樹木都染上了秋天的色彩，重重山嶺披覆著落日的餘暉。牧人驅趕著牛群返回家園，獵人騎馬帶著獵物歸來。我看到這些人又並不相識，只好詠一曲長歌來懷念古代採薇而食的隱士。

心智圖

繪者：鄭佳燁

導圖解析

　　我將這首詩分為**心情、靜景、動景、用典**四部分。

　　第一部分首聯主要寫心情。點明地點「東皋」（畫個向東的箭頭），時間「薄暮」（傍晚的意思，畫了太陽落山的畫面），事件「望」（用「眼睛」望）。

　　「徙倚」是徘徊之意，所以畫了不停轉圈的兩隻「腳」。「①」和「依」同音。這裡借「徙倚」的動作和「欲何依」的心理描寫，表現了詩人百無聊賴的徬徨心情。其中「欲何依」，化用了曹操〈短歌行〉中「月明星稀、烏鵲南飛。繞樹三匝，何枝可依」的詩意。

　　第二部分頷聯主要寫靜景。該聯主要寫靜景，從光與色的角度描寫了山野秋景，為下兩句設定了背景。以「樹樹」「山山」開頭，所以小圖示 ×2。

第三部分頸聯主要寫動景，在上兩句的靜謐背景下，特寫牧人和獵馬，營造出田園牧歌式的氣氛，使整個畫面活了起來。

第四部分尾聯主要是用典。大綱主幹上畫了兩本「書」，表示用典。兩手交握，表示相識；兩眼對看，表示相顧，顧是看的意思。「採薇」採食野菜。據《史記·伯夷列傳》，商末孤竹君之子伯夷、叔齊在商亡之後，「不食周粟，隱於首陽山，採薇而食」。後遂以「採薇」比喻「隱居不仕」。借伯夷和叔齊的故事表現了詩人在現實中孤獨無依，只好追懷古代勇士，也展現了詩人孤獨憂鬱的心情。

使至塞上

〔作者〕王維　〔朝代〕唐朝

文題解讀

使，出使。至，到。題目的意思是「奉命出使，到達塞上」，交代了出使的地點。

經典原文	參考譯文
單車欲問邊，屬國過居延。 征蓬出漢塞，歸雁入胡天。 大漠孤煙直，長河落日圓。 蕭關逢候騎，都護在燕然。	乘一輛車去慰問邊關守軍，使者（我）來到遼遠的邊塞地區。出行的人像飄飛的蓬草一樣飛出邊塞，像振翅北歸的大雁一樣進入胡地。浩瀚無邊的沙漠中一股烽煙直上雲天，黃河上，西下的太陽很圓很圓。到了邊塞蕭關只遇到負責偵察敵情的騎兵部隊，原來守將們正在燕然前線。

心智圖

繪者：鄭佳燁

導圖解析

　　我把這首詩分為了四個部分：敘事、路途、風景、感受。

　　第一部分首聯主要是敘事，交代出使任務及經過地區，所以大綱主幹上畫了張「公文紙」。首聯寫自己輕車簡從，出使邊塞，「屬國」是典屬國的簡稱。漢代稱負責少數民族事務的官員為典屬國，詩人在這裡借指自己**出使邊塞**的使者身分，「國」畫了一面**紅旗**表示。

　　第二部分頷聯主要描寫路途情況，「征蓬」飄飛的蓬草，古詩中常用來比喻遠行的人。「征蓬出漢」是秋景，是**虛寫**；「歸雁入胡」為春景，是**實景**。這裡運用借喻的修辭方法，詩人以蓬草、歸雁自比，既言**事**，又**寫景**，更在敘事寫景中傳達出一種幽微難言的內心情感，所以大綱主幹用「苦臉」表示。

第三部分頸聯主要描寫所見之景,即**塞外風光**,所以大綱主幹用幅「風景畫」表示。這聯尤為傳神:一望無際的大漠上,縱的是「煙」,橫的是「河」,圓的是「落日」。寥寥幾筆,就用簡約的線條勾勒出景物的基本形態,畫面感強,極具概括性。「直」畫了一個向上的箭頭,「圓」畫了個圓圈,這兩個字在詩中形象地描繪出了意境雄渾,浩瀚壯美的**沙漠美景圖**,表現了詩人深切的感受。詩人把自己的孤寂情緒巧妙地融入廣闊的自然景象中,展現了**詩中有畫**的特色。

第四部分尾聯,主要寫詩人的**感受**與心中**情緒**的轉變,所以大綱主幹用「**兩顆心**」表示。候騎指的是負責偵察、通訊的騎兵。「都護」畫了一個**前線統帥**。該聯是實寫,表現了邊塞將士緊張的戰鬥生活,也暗示出戰事的頻繁。

黃鶴樓

〔作者〕崔顥 〔朝代〕唐朝

文題解讀

題目交代了寫作對象和內容。

經典原文	參考譯文
昔人已乘黃鶴去,此地空餘黃鶴樓。黃鶴一去不復返,白雲千載空悠悠。晴川歷歷漢陽樹,芳草萋萋鸚鵡洲。日暮鄉關何處是?煙波江上使人愁。	仙人早已乘著黃鶴飛去,這裡只剩下了黃鶴樓。黃鶴一去不再回返,千百年來只有白雲在此飄浮。晴日原野上漢陽一帶的樹木歷歷可見,芳草碧綠長滿鸚鵡洲。黃昏看不到遠方的家鄉,煙霧籠罩的長江更激起思鄉的哀愁。

心智圖

繪者：魏一烽

導圖解析

　　這首詩的題目是〈黃鶴樓〉，所以中心圖手繪了個簡化版的**黃鶴樓**。這幅心智圖整體分成兩個部分，分別是**神話**和**所見所感**。第一部分的大綱主幹由神話想到了**圖騰**，所以畫了個卷軸，內容分支則是一幅圖代表一句詩。第二部分的大綱主幹畫了**眼睛**和**紅心**表示所見所感。

　　第一部分（前兩聯），從傳說入手，以虛筆寫由黃鶴樓產生的聯想，「昔人已乘黃鶴去」，給予人虛無飄渺的感受。首聯巧用**典故**，由仙人乘鶴歸去引出黃鶴樓，為黃鶴樓增添了神祕色彩。頷聯緊承首聯，寫自從仙人離去，黃鶴樓已歷經千百年之久。仙人一去再也沒有返回，只有白雲陪伴著黃鶴

樓，大有歲月易逝之感慨。其中白雲千載空悠悠的「悠悠」用了個溜溜球來表示。

第二部分（後兩聯），實寫樓上的所見所感，很自然地引起詩人濃濃的鄉愁。頸聯描繪了站在黃鶴樓上極目遠眺時看到的一衍生機勃勃的景象。「晴川」是晴日裡的原野，「鸚鵡洲」將其想像成了「鸚鵡（鳥）在喝粥（洲）」，**快速出圖強化記憶**。

尾聯點題，由上聯的實景轉而引出相關何處，歸思難禁的**愁緒**。整首詩以「愁（哭臉）」作結，準確地表達了日暮時分，詩人登臨黃鶴樓的心情，同時又和開篇的**飄渺意境**相吻合，以起伏的文筆表現了纏綿的**鄉愁**。

錢塘湖春行

〔作者〕白居易 〔朝代〕唐朝

文題解讀

錢塘湖，即杭州西湖；春行，即春天出遊。題目點明了遊覽的季節和地點。

經典原文	參考譯文
孤山寺北賈亭西， 水面初平雲腳低。 幾處早鶯爭暖樹， 誰家新燕啄春泥。 亂花漸欲迷人眼， 淺草才能沒馬蹄。 最愛湖東行不足， 綠楊陰裡白沙堤。	在孤山寺北面賈公亭西面，湖水才與堤岸齊平，白雲與湖面上的波瀾連成一片，看上去浮雲很低。幾個地方早出的黃鶯，都爭著飛上向陽的樹枝；誰家新來的燕子銜著春泥，忙著築巢。各樣的野花競相開放，漸漸使人眼花撩亂，新長出來的春草剛剛能遮住馬蹄。我最愛湖東那地方，總感到走不完、看不夠！那籠在綠色楊柳蔭裡的白沙堤別有一番景象。

心智圖

繪者：賁威翔

導圖解析

　　這首詩是白居易中老年時，遊西湖所作的一首七律，因此中心圖畫了一位開心的老者。我把這首詩分為四個部分：**山水、禽鳥、花草和情感**。全詩以「行」字為線索，從「孤山寺」起，至「白沙堤」終。以「春」字為著眼點，寫出了**早春美景**給詩人帶來的喜悅之情。

　　第一部分首聯從大處落筆，寫詩人行經孤山寺和賈公亭時所看到的湖光山色，即概括為山水。山水後面又具體分為**建築**和**自然**。建築方面，作者巧妙地連用了兩個地名，顯示出了山水的動態美，說明詩人是一邊走，一邊賞。自然方面，正面寫湖光水色，「初平」寫春水初漲，略與岸平；「雲腳低」寫白雲低垂，與湖水相連。

　　第二部分頷聯寫的是作者仰視看到的鶯與燕，即概括為禽鳥，「爭」、

「啄」兩個動詞意在突出其真實的**動態**，生動反映出西湖早春黃鶯、燕子爭鳴活躍的**熱鬧景象**，展現出春天的**生機與繁忙**。

第三部分頸聯寫俯察花草，自然可概括為花草，而正因為早春，草未能長肥，花未能長滿，於是詩人特用「亂花」與「淺草」來突出早春以及春天來得快（①）。此聯中的「漸欲」和「才能」，生動貼切地刻劃出「亂花」和「淺草」的**動態**與**勃勃生機**，又是詩人觀察的感受和判斷，這就使客觀的自然景物化為帶有詩人**主觀感情**色彩的眼中景物（②），更利於打動讀者。

第四部分尾聯則是總覽全詩情感，「行不足」是因為**看不夠**，說明詩人流連忘返，完全陶醉在美好的湖光山色中，抒發了自己意猶未盡之情。這幅導圖中黑色線條的內容，是在理解並畫完整幅導圖之後，思考延伸出的內容。

渡荊門送別

〔作者〕李白　〔朝代〕唐朝

文題解讀

題目點明這是一首送別詩，並交代了送別的地點。其中的「送別」應是告別故鄉，而不是送別朋友，是設想故鄉的山水送別自己。

經典原文	參考譯文
渡遠荊門外，來從楚國遊。 山隨平野盡，江入大荒流。 月下飛天鏡，雲生結海樓。 仍憐故鄉水，萬里送行舟。	從荊門山外渡江，遠去楚地漫遊。山隨著平曠的原野的出現逐漸消失，江水奔流到遼遠無際的原野之中。月亮倒映在水中，猶如從天上飛來一面明鏡，雲彩升起，變幻無窮，形成了海市蜃樓般的景象。我還是喜愛故鄉的山水，它不遠萬里送我行舟遠遊。

心智圖

繪者：林宇宸

導圖解析

　　這幅圖的中心圖是在重巒疊嶂之中，碧水潺潺流過，碧原青野之上，有一位身著淺藍長袍的男子，正在與船上的另一位男子拱手道別，而山水合一之處，若隱若現的黑色大門，應是那作者日思夜想的荊門山，山中的一面旗幟，旗上題一字「唐」，「唐」字上有李白，表明了這首詩的朝代和作者。全詩蘊雄壯豪放的氣勢於聲調格律中，大體分為四個部分，首聯**敘事**、頷聯寫**實景**、頸聯寫虛景、尾聯**由欣賞美景轉入深沉的鄉情之嘆**，多種表達方式熔於一爐，將全詩用思鄉之情這一無形的線串聯，用「送別」一詞概括。

　　第一部分是敘事，也就是首聯，緊扣詩題，交代了此行的目的：遊楚國。一支紅色的筆，一張寫滿字的白紙，表示此刻作者對家鄉已是無比思念，而這是全詩的開頭。一條小舟、一個人，中間隔了一萬里，小舟是「渡」，則為渡遠；用一塊牌子，下面一扇紅色的大門，表示「荊門」；從字面意義上

說，楚國即為「楚」，而作者去的地方便是昔日楚國的境內。底下是一個人在游泳，使用了「增減字法」。

第二部分繪實景。用物理中的倒立放大實像表示「實」，倒立的「景」字即為「景」。「山隨」倒字為「隨山」，而一座山、一個人以及沿著山的輪廓攀爬，意思是「沿著山」，近義為「隨山」；「平野盡」用了層次分明的草原表示「平野」，而草原的盡頭是一個英文單字「END」，意思是盡；一個紅色的通道，一條江隨著箭頭從通道進入，為「江入」，「大荒」是一個比普通字要大一倍的「荒」字，旁邊是一條河，一個箭頭隨著小河的流向，為「流」。

第三部分繪虛景。大綱主幹上的景字用了虛線描繪，就是「虛景」。「月下」，鐮刀似的彎月下，有一個向下的箭頭。一面有淺棕色外框的鏡子兩側長了**翅膀**，即「飛天鏡」；幾朵雲上襯托著一個**大喇叭**，大喇叭發出聲音，意思是「雲聲」，而「雲聲」使用諧音法意為「雲生」；左側是一個**中國結**，右側是一片海，海上漂浮著一幢孤單的樓，為「結海樓」。

該聯透過兩幅美麗的畫面來展現江上的美景。一幅是**水中映月圖**，明月映入水中，如同飛下的明鏡，這是寫夜間的風景；一幅是天邊**雲霞圖**，雲霞飄飛，如同海市蜃樓般變幻多姿，這是寫黃昏時的風景。

第四部分，也就是尾聯，運用了擬人的修辭手法，寫故鄉的水不遠萬里來送自己**行舟遠遊**，表達了詩人對故鄉的熱愛和依戀之情。送別會說再見，使用英文口語「Bye」表示**送別**，同時加深記憶。「仍憐」諧音為「人憐」，左側是一個人，將面部表情放大後是一副**可憐**的表情；「故鄉水」中的「水」字右側，將偏旁部首轉化為一條小河的邊緣，便於加深印象；數字「10000」和一個指著這個數字裡面的箭頭，毫無疑問就是「萬里」；如前文所說，送別時會說再見，就將「送」字轉化成了「Bye」這個英文單字。

漁家傲

〔作者〕李清照　〔朝代〕宋朝

文題解讀

　　漁家傲，詞牌名，此調始於北宋晏殊，因其詞中有「神仙一曲漁家傲」，便取「漁家傲」三字做調名。這首詞是記夢之作。

經典原文	參考譯文
天接雲濤連曉霧，星河欲轉千帆舞。 彷彿夢魂歸帝所。 聞天語，殷勤問我歸何處。 我報路長嗟日暮，學詩謾有驚人句。 九萬里風鵬正舉。 風休住，蓬舟吹取三山去！	天空中雲濤洶湧，連著流動的晨霧，銀河流轉，星星點點如千帆前進。迷迷糊糊中，靈魂彷彿飛到天帝那裡，我聽到天帝飄渺的話語，他殷切地問我想回到哪裡。我回答說人生要走的路太漫長，又慨嘆時日已晚，苦心學詩，可嘆徒有驚駭世人的詩句。只願乘九萬里雄風，如大鵬高飛。風啊，千萬別停息，將我這一葉輕舟，直送往仙山上去。

心智圖

繪者：黃麗霏

導圖解析

　　這幅導圖一共有四個部分，分別概括為：**景、問、答和志**。

　　第一部分：景 —— 海天相接。開頭兩句寫夢中所見景象。詞人用豐富的想像創造了一個似夢似幻、美妙神奇、富有浪漫色彩的世界。這裡大部分內容直接用影像代替，便於回憶背誦，其中天和星河是**並列關係**。帆原本是船的意思，這裡喻指星星，所以**在船帆上畫了星星**。

　　第二部分：問 —— 天帝詢問。這三句寫詞人在夢中飛上了天空，見到了天帝，天帝詢問她的去向。所以分為了**地點和內容**兩個方面，地點是在「帝所」，一個小房子屋頂上有一個「天」字，對應的就是「帝所」，可譯為：天帝居住的地方；內容上，「殷勤問我歸何處」中的「歸」字上面一個「×n」意思就是**殷勤**問。

　　第三部分；答 —— 感嘆不幸。這兩句寫詞人回告天帝的話，「我報路長嗟日暮」中的「嗟」字，生動傳達出詞人對日暮途遠的嘆息；而「學詩謾有驚人句」更是寫出了詩人因理想與現實的矛盾而產生出的悲傷的心情，一是感嘆自己空有才華，二是感慨國難當頭，詩詞文章無用武之地。

　　第四部分：志 —— 渴望幸福。後三句表現了詞人要像大鵬鳥一樣乘風高飛，奔向飄渺的神山尋求幸福，意境壯闊，富有浪漫主義色彩。「九萬里風鵬正舉」借用《莊子‧逍遙遊》中「鵬之徙於南冥也，水擊三千里，摶扶搖而上者九萬里」。寫出了自己對人間的不滿，最後結尾流露出詞人的無力與不甘心。「蓬舟」畫了一條如飛蓬般輕快的船，三山畫了神話中的蓬萊、方丈、瀛洲三座海上仙山。

　　整首詩充滿了浪漫主義色彩，詞人將真實的生活感受融入夢境，創造出的一個把夢幻和真實、歷史和現實融為一體的神話世界，充分反映出詞人對現實的不滿，對自由的嚮往和對光明的追求。整幅導圖大多運用的是小插圖來表現各個詞語的意思，基本按照原文邏輯繪製，有助於全文的記憶。

庭中有奇樹

〔朝代〕東漢

文題解讀

奇樹，珍貴的樹。

經典原文	參考譯文
庭中有奇樹，綠葉發華滋。攀條折其榮，將以遺所思。馨香盈懷袖，路遠莫致之。此物何足貴？但感別經時。	庭院中有一株佳美、珍貴的樹，滿樹綠葉襯托著繁盛的花朵。我攀引枝條，折下了樹上的花朵，要把它餽贈給思念的人。花的香氣充滿了我的衣袖，可是路途遙遠，不能送達親人的手中。這花有什麼珍貴的呢？只是因為別離太久，想藉此表達思念之情罷了。

心智圖

繪者：鄭佳燁

導圖解析

　　這首詩是寫一個身居閨閣的**女子**對遠行在外丈夫的深切**思念**之情。全詩**因人感物**，由物寫人，抒寫情思，通篇不離「奇樹」，篇幅雖短，卻有千迴百折之態，深得含蓄委婉之妙。此幅心智圖就是從女主角的視角來分類繪製的。總共分為四部分。

　　第一部分：大綱主幹上畫了「眼睛」，因第一句「庭中有奇樹」寫主角所見之美景──葉綠花盛的春日佳景。其中「奇樹」成為一種象徵物，象徵女主角的美好情感。「V」代表「有」。「華」是花的意思，所以旁邊畫了**花朵**。

　　第二部分：大綱主幹，畫伸出的「手」，代表此句中女子**折花**和想**餽贈**的動作。這部分講女主角一個人獨自賞春景，觸動了思念之情，於是她攀枝折花，欲寄遠人，揭示了詩歌的主旨──抒發對遠人的**思念**之情。「攀條」是攀引枝條的意思，所以旁邊畫了枝條。「折」用「枝條折斷」的影像表示。榮在這裡也是「花」的意思。

　　第三部分：大綱主幹畫了女子聞到滿懷馨香（以「鼻子」聞之）。這部分講了女子執花在手，任花香盈袖，**愁緒百結**，終無可奈何。第一個分支中「盈懷袖」中「盈」是充滿的意思，用「FULL」表示，暗示女主角手執花枝，站立了很久。寫出了她內心的寂寞孤獨以及深深的無奈。第二個分支畫了一條漫漫長路，一個「X」和一隻想給予的手，表達了女主角因路途遙遠而無法送達丈夫手中。

　　第四部分：大綱主幹畫了個「哭臉」表示女子心生感慨，更增思念之苦。分支上「別經時」是歷時很久的意思，所以用「鐘錶」表示。這部分內容是講女主角無可奈何、自我寬慰的話，同時也點明全詩**相思懷人**的主題。

　　這首詩由樹及葉，由葉及花，**由花及採，由採及送，由送及思。**「葉──花──採──送──思」，寫一位婦女對遠行丈夫的深切懷念之情，字裡行間也隱含著，對青春年華在寂寞孤獨中流逝的無比惋惜之情。

龜雖壽

〔作者〕曹操 〔朝代〕三國

文題解讀

　　本詩為東漢時期曹操創作的一首四言樂府詩，是曹操的〈步出夏門行〉四章中的最後一章。

經典原文	參考譯文
神龜雖壽，猶有竟時。 騰蛇乘霧，終為土灰。 老驥伏櫪，志在千里。 烈士暮年，壯心不已。 盈縮之期，不但在天。 養怡之福，可得永年。 幸甚至哉，歌以詠志。	神龜的壽命即使十分長久，但也有終結的時候；騰蛇儘管能乘霧飛行，終究也會死亡，變成土灰。年老的駿馬雖然臥在馬槽旁，但牠的雄心壯志仍然能夠馳騁千里；有氣節有壯志的人到了晚年，奮發思進的雄心也不會止息。人壽命的長短，不只是由上天決定的；只要調養身心，保持心情愉快，就可以益壽延年。太值得慶幸了，用這首詩來抒發我的感情。

心智圖

繪者：馮可天

導圖解析

　　我把這首詩分為**自然規律、胸懷抒寫、哲理提示、以詩言志**四個部分。中心圖提取了「龜雖壽」的兩個關鍵字，分別是「龜」和「壽」。龜用烏龜表示，壽用壽桃表示。畫了一隻烏龜揹著一個壽桃，便於直觀地回憶主題。

　　第一部分：自然規律。詩人從樸素的唯物論和辯證法的觀點出發，否定了神龜、騰蛇一類神物的長生不老，說明了**生死存亡**是不可違背的**自然規律**。這四句說明了生命有限。「神龜雖壽」，畫了一個烏龜和一個壽桃。「猶有竟時」，意思是終歸有終結一生之時，我們可以用**想像畫面**的方法，想成一個**靈魂**飄出體外，於是就畫了一個幽靈長一個翅膀飛走了。「騰蛇乘霧」，畫了蛇和霧；「終為土灰」，直接畫了一堆土。

　　第二部分：胸懷抒寫，說明要奮鬥不息。詩人自比一匹上了年紀的千里馬，雖然年老體衰，屈居櫪旁，但胸中仍然激盪著馳騁千里的**豪情壯志**。這四句為千古傳誦的名句，筆力遒勁，韻律沉雄，蘊含著一股自強不息的豪邁氣概，深刻地表達了曹操老當益壯，銳意進取的精神面貌。「老驥」就是老馬的意思，所以就畫了一匹**老馬**長著鬍鬚。「伏櫪」就是伏在馬槽旁，所以就畫了一個馬槽，旁邊是一顆心在路上奔跑，代表志在千里。「烈士」指的是有氣節有壯志的人，「暮年」指的是晚年，所以畫了一個老頭長著長長的鬍子和眉毛。「壯心不已」畫了一顆心長著肌肉，代表奮發向上的雄心不會止息。

　　第三部分：哲理啟示。這四句話說明了人生在己。「盈縮」指壽命的長短，長短可以用尺來測量，畫了一把尺；「不但在天」：壽命的長短不只拘泥於上天。「養怡之福，可得永年」：只要能調養好身心，保持心情愉悅，就可以益壽延年，所以畫了一顆心和大拇指。詩人以切身的體驗表達了人的精神對健康的重要意義。

第四部分：以詩言志。我畫了一個詩人。詩人看見美麗的事物就會用詩歌表達思想感情，就是以詩言志。最後一句是抒發詩人的感情，是樂府詩的一種形式性結尾。「幸甚至哉」的意思是：多麼幸運，多麼高興呀！畫了一個大拇指來表達這種情感，幸運的英文是 lucky，也可以想到四葉草，就畫了四葉草。「歌以詠志」的意思是：用歌唱表達自己的思想感情，所以畫了一個話筒。思想感情就畫了一顆心，在旁邊有兩個對話方塊表示思想感情。

梁甫行

〔作者〕曹植　〔朝代〕三國

文題解讀

梁甫，泰山下的一座小山。

經典原文	參考譯文
八方各異氣，千里殊風雨。劇哉邊海民，寄身於草野。妻子像禽獸，行止依林阻。柴門何蕭條，狐兔翔我宇。	天下各方的氣候不同，所遭受的風雨災害也不一樣。艱難啊，海邊的人民，他們生活在荒野叢中。妻子、兒女像禽獸一樣生活，盤桓在山林險阻之地。柴門多麼簡陋淒清，狐狸、兔子在房屋周圍自由穿梭毫無顧忌。

心智圖

繪者：胡桓嘉

導圖解析

　　我把這首詩分為四個部分：**行、觀、感、居**。這張圖的中心圖由一隻背負著海灘、山脈、海水和人的大象組成。海灘和山脈象徵著作者被發配到了偏遠的地區，生活在艱苦的環境中。而梁甫，又名梁父，泰山下的小山，古時死人叢葬的地方。同時也是臨近海邊偏遠之地，多用來流放犯人。所以畫了幾座臨近海濱的小山，山腳下有一片荒蕪的沙地，其間流出來的水便是「愁水」（古人常將情感寄託在具體物象上或是將其化虛為實，如「問君能有幾多愁，恰似一江春水向東流」），愁情似水，水滿則愁溢。

　　第一個大綱主幹，由一個**指南針**和一個**箭頭**組成。指南針上的八個箭頭表示八方，整個分支表示「八方各異氣，千里殊風雨」。第二個大綱主幹

是從海水中延伸出來的，與作者的「劇哉邊海民」相呼應。而人們又常常說「苦海」一詞，這片海還是曹植在被流放後，對悲慘生活無奈的對映。紅色的位置符號代表「於」，這個部分連起來就是「寄身於草野」的意思。而他所觀到的又使他連繫到了第三個大綱主幹的內容——「妻子像禽獸，行止依林阻。」第四個大綱主幹寫的是曹植的個人居住環境——「柴門何蕭條，狐兔翔我宇。」

贈從弟（其二）

〔作者〕劉楨　〔朝代〕東漢

文題解讀

這是一首詠物詩。從弟，堂弟。

經典原文	參考譯文
亭亭山上松，瑟瑟谷中風。 風聲一何盛，松枝一何勁！ 冰霜正慘淒，終歲常端正。 豈不罹凝寒？松柏有本性。	高山上挺拔聳立的松樹，頂著山谷間瑟瑟呼嘯的狂風。風聲是多麼猛烈，而松枝是多麼剛勁！任他滿天冰霜嚴酷非常，松樹的腰桿終年端端正正。難道是松樹沒有遭受嚴寒？是松柏有著耐寒的本性。

心智圖

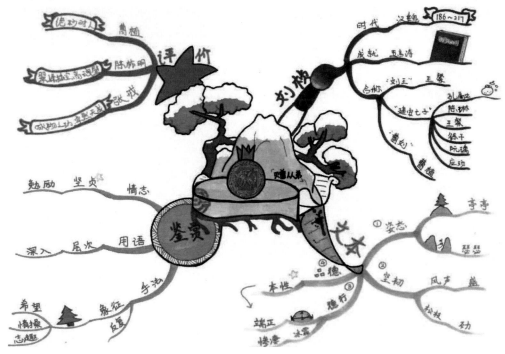

繪者：胡桓嘉

導圖解析

　　這張圖的中心圖，由一個蓋有印鑑的**信封**和一張有積雪的**山脈、松樹**的**信紙**組成。積雪表示松柏在山上惡劣的生存環境，而且這棵松樹遒勁的姿態，也能夠展現出它在惡劣的環境裡依舊不屈服的精神。信封的封口上面還黏留著一枚**火漆印**。火漆印最主要的作用是用來確保信件內容的安全。

　　第一部分是由一支有著骨白色的**筆桿**，並且蘸著墨水的毛筆構成的。這一個大綱主幹的內容，主要是介紹詩人劉禎是「建安七子」之一。提起「建安七子」，我們最容易想到的莫過於李白在〈宣州謝朓樓餞別校書叔雲〉中寫到的那句「蓬萊文章建安骨」了。所以提到「建安七子」，人們總會把他們和

骨頭連繫起來。劉禎生活的年代，說是東漢時期也對，說是漢魏年間也對。畢竟他是在光和二年出生，在建安二十二年去世，在與他合稱為「建安七子」的孔融後面畫有一個梨。因為《三字經》中的「融四歲，能讓梨」已經把他和「梨」牢牢地連繫在一起了。

　　第二部分是由一張沾有墨跡的信箋組成，主要分析這首詩的內容。這首詩的第一二句：「亭亭山上松，瑟瑟谷中風」，主要是在用白描勾勒出松樹挺拔的姿態和山谷環境的蕭瑟，「亭亭」寫松之形，用「瑟瑟」擬風之聲，蘊含一種逸趣，繪影繪聲，簡潔生動，這裡還運用了反襯的手法，以猛烈的狂風烘托松柏的剛勁；第三、四句：「風聲一何盛，松枝一何勁」則從描寫松樹外表的角度轉換到了描寫其堅韌的特質上，「一何」強調詩人感受的強烈，語氣上連連加強，突出了狂風與松樹的對抗；第五、六句：「冰霜正慘淒，終歲常端正」則是把這兩個角度結合起來，描寫了松的「德行」（指品德和行為）。因為「端正」一詞既表示挺拔的姿態，也表示態度堅韌的品行，一舉概括了它的「行」和「德」兩個方面；最後兩句：「豈不罹凝寒？松柏有本性。」以設問結束，揭示出松柏所具有的耐寒不凋、堅貞不屈的本性。

　　第三部分是由一面鏡子構成的。古人稱鏡子為「鑑」，所以就畫了一面鏡子。然後較為簡單地在較淺的層面分析了一下這首詩的語言、手法和所要表現的情志。

　　第四部分是由一顆星星構成的。因為這是畫他人對於劉禎其人及其作品的評價，而一般情況下，都用星星來表示，例如「四星、五星」，所以畫了一個星星來表示「評價」。

浣溪沙（一曲新詞酒一杯）

〔作者〕晏殊　〔朝代〕北宋

文題解讀

浣溪沙，詞牌名。

經典原文	參考譯文
一曲新詞酒一杯，去年天氣舊亭臺。夕陽西下幾時回？無可奈何花落去，似曾相識燕歸來。小園香徑獨徘徊。	填一曲新詞，品嘗一杯美酒，天氣、亭臺都和去年一樣。西下的夕陽什麼時候才能迴轉？無可奈何中百花殘落，似曾相識的春燕又歸來。獨自在瀰漫著花香的園中小路上徘徊。

心智圖

繪者：黃麗霏

導圖解析

　　整幅導圖一共分為四個部分，分別是：**生活**、**時間流逝**、**詩人的無奈**和**感嘆**。

　　第一部分是生活。在明媚春光裡，詩人聆聽新曲，品嘗美酒，過著精緻的生活。所展示的是「對酒當歌」的情景。

　　第二部分是時間流逝。分為**物**和**問**兩方面，「去年天氣舊亭臺」，點出眼前的陽春美景與去年無異，而詞人置身的亭臺也恰好是昔日飲酒聽歌的場所。詩人面對眼前的美景，一種由光陰流轉、物是人非帶來的感嘆與惆悵也輕輕襲來。想到風物依然而**時光飛逝**，他不禁悄聲暗問「夕陽西下幾時回？」

　　第三部分是詩人的無奈，流露出了詩人對繁華意境的無可奈何，融情於景，傷春的情懷融入花開花落、燕去燕來等自然景物中，含有淡淡的**憂傷**。

　　第四部分是感嘆，詩人獨自徘徊，似**賞景**，亦似沉思。詞作將瞬間的感受與久久的思考熔於一爐，既敏銳又不乏深沉，自然流暢，婉轉圓潤。

　　第一部分和第二部分是今昔對比，時空交疊，重在**思昔**。第一部分的「新」與第二部分的「舊」對比，寫出物是人非的悵惘**情思**。

　　第三部分和第四部分則是借眼前景物，重在**傷今**。第三部分的「去」、「來」對比，寫出對時光流逝的惋惜之情。

　　整幅導圖也配有許多的**小插圖**，第二個大綱主幹，一個時鐘後面有一條小河，意思是時光的流逝，內容分支上的「雲朵太陽和雨水」，代表天氣。整幅導圖基本按照原文**邏輯**繪製，有助於**記憶**。

採桑子

〔作者〕歐陽修　〔朝代〕北宋

文題解讀

採桑子，詞牌名。

經典原文	參考譯文
輕舟短棹西湖好，綠水逶迤。芳草長堤，隱隱笙歌處處隨。無風水面琉璃滑，不覺船移。微動漣漪，驚起沙禽掠岸飛。	駕輕舟划短槳看那西湖風光好，碧綠的湖水流轉綿延。長堤上花草散發出芳香，隱隱傳來的樂聲和歌聲像是隨著船兒漂盪。無風的水面，光滑得好似琉璃一樣，不覺船兒前進。只見微波的細浪在船邊蕩漾，被船兒驚起的水鳥正掠過湖岸飛翔。

心智圖

繪者：黃麗霏

導圖解析

　　這首詞描繪了潁州西湖春日清麗活潑、空靈淡遠的景色，表現了詞人無比愜意的**心境**，以及對西湖的無限**喜愛**之情。整幅導圖分為三個部分：**春景**、**靜景**和**動景**。

　　第一部分是春景，主要寫堤岸風景，筆調輕鬆而優雅。「西湖好」是一篇之眼，「短棹」二字直接用輕舟和短槳表示，已將休閒的意思委婉寫出。「綠水逶迤」、「芳草長堤」寫由湖心經水面到堤岸，再整體向遠處推進的動態畫面。而「隱隱笙歌處處隨」一句又從聽覺的角度將西湖的歡樂情調刻劃了出來，「隱隱」和「處處」都突顯出輕舟的**流動感**。

　　第二部分是靜景，以靜寫動，寫出風平浪靜時水面晶瑩澄澈的景象。

　　第三部分是動景，以動襯靜，以景結情，使得西湖水面愈顯**幽靜**，給讀者留下了無盡的審美想像空間，同時更表現出詞人對如同水鳥一樣自由自在的生活追求。

　　這樣美好的情境，動靜相隨，人禽互窺，如夢如幻，令人陶醉流連。這幅導圖也運用了許多的小插圖來表現其內容，比如在春景中，畫了一個笛子和一個小人牽著一個音符，表現的就是「隱隱笙歌處處隨」；在靜景中，畫了風打了一個叉**號**，表現的就是「無風」；「琉璃滑」中「滑」直接畫了個**溜冰鞋**，造成提示的作用。在靜景和動景部分又分為「因」和「果」兩個維度，「果」畫了個「蘋果」來表示。這幅導圖基本按照**原文邏輯**繪製，有助於**記憶**。

相見歡

〔作者〕朱敦儒　〔朝代〕南宋

文題解讀

相見歡，詞牌名。

經典原文	參考譯文
金陵城上西樓，倚清秋。 萬里夕陽垂地，大江流。 中原亂，簪纓散，幾時收？ 試倩悲風吹淚過揚州。	站在金陵西城上，倚樓觀看清秋時節的景色。萬里長江在夕陽下向遠方流去。 中原遭受戰亂，達官顯貴流散，何時才能收復國土？要請悲風將自己的熱淚吹到揚州前線。

心智圖

繪者：黃麗霏

導圖解析

　　全詞寫登樓的所見所感，表達了詞人強烈的亡國之痛和深厚的愛國情懷。整幅導圖分為四個部分，分別是：**實寫、景物、問和所見**。

　　第一部分實寫。主要寫北宋滅亡改變了許多文人的命運，改變了他們的

生活，轉換了他們的情思，也使愛國成為南宋時代詩歌創作的主旋律。

第二部分為景物。寫夕陽、大地、長江，視野寬廣，場面宏大，蒼涼沉鬱，殘陽彷彿在低吟，長江好像在訴說，大地似乎在哭泣。

第三部分是問。一個「亂」字概括了中原淪喪的現實，這裡用凌亂的線團表示「亂」；一個「散」字揭露出統治階級無心抗敵的心理。「簪纓」運用了借代的修辭手法，代指達官顯貴。「幾時收（問號和時鐘）」的發問則是痛的質疑和無望的感嘆。

第四部分是所見，運用了擬人化的手法，「倩」寄託詞人的亡國之痛和對中原人民的深切懷念。詩人祈求西風把自己的淚水吹過大江，吹到已成為戰場前線的揚州，充滿無限感慨。

這幅導圖也運用了許多的小插圖來表現，景物後面有一個將落的太陽，而上面標了萬里，意思是「萬里夕陽」；它的後面則有一個「地」字和一個錘子，意思是「垂地」。這幅導圖基本按照原文邏輯繪製，有助於記憶。

如夢令

〔作者〕李清照　〔朝代〕宋朝

文題解讀

如夢令，詞牌名。

經典原文	參考譯文
常記溪亭日暮，沉醉不知歸路。興盡晚回舟，誤入藕花深處。爭渡，爭渡，驚起一灘鷗鷺。	常記起那次在溪邊亭中遊玩，不覺日色已晚，醉意已濃，忘記了回家的路。盡興後乘船返回，卻不料迷路划進了荷花深處。奮力把船划出去，划船聲驚起一灘的水鳥。

心智圖

繪者：黃麗霏

導圖解析

　　這首詞透過回憶年少時出遊的情景，表現了詞人歡快愉悅的心情和對往昔快樂的無限留戀。整幅導圖總共分為三部分，分別是：**開頭、高潮**和**結果**。

　　第一部分，開頭就點明地點為「溪亭」，時間是「日暮」，事件是「沉醉不知歸路」，並用「常記」二字總領。「常記」明確表示追述，用一個**記憶框**表達了「常記」的意思。「沉醉」二字流露出了詞人心底的歡愉，這裡畫了一罈美酒表示；「不知歸路」也曲折地傳達出詞人流連忘返的情致。

　　第二個部分是高潮，主要講的是詩人慌亂之際，小船弄人，**誤闖**荷花叢中。「誤入」顯示了詞人忘情的心態，「誤入」是因為「日暮」，光線太暗，也是因為「沉醉」。

　　第三部分是結果，大意是待到奮力划出，卻驚起一群水鳥振翅紛飛，詩人瞬間的驚愕很快變成喜悅。兩個「爭渡」，「爭渡×2」表示重複了兩次，表達了詞人急於從迷途中找尋出路的**焦灼心情**。水鳥驚飛，又帶給詞人意外喜悅。「驚」用「**紅色驚嘆號**」表示，既暗寫出了船行之快，又生動地寫出停

棲在小洲上的水鳥被嚇得驚慌失措的情態。

　　這首小詞僅三十幾個字，卻講述了一個如此曲折的故事，洋溢著生活的氣息和**歡快**的旋律。本幅導圖也運用了許多的小插圖，生動、有趣。

八年級
下冊

關雎

〔朝代〕先秦

文題解讀

「關雎」即「關關雎鳩」，指雎鳩鳥不停地鳴叫。〈關雎〉的標題取自詩歌的第一句，這是《詩經》中詩歌命名的一般性做法。

經典原文	參考譯文
關關雎鳩，在河之洲。	雎鳩鳥不停地在水中的綠洲上和鳴歌唱。
窈窕淑女，君子好逑。	文靜美好的少女，是少年心中的好配偶。
參差荇菜，左右流之。	長長短短的荇菜，在船的左右兩邊撈取。
窈窕淑女，寤寐求之。	文靜美好的少女，是少年日夜美好的追求。
求之不得，寤寐思服。	窈窕少女難以追求，朝思暮想，魂牽夢繞。
悠哉悠哉，輾轉反側。	思念之情綿綿不盡，翻來覆去難以成眠。
參差荇菜，左右采之。	長長短短的荇菜，左邊右邊來採摘。
窈窕淑女，琴瑟友之。	對那文靜美好的少女，彈琴鼓瑟對她表示親近。
參差荇菜，左右芼之。	長長短短的荇菜，左邊右邊來挑選。
窈窕淑女，鐘鼓樂之。	文靜美好的少女，敲鐘擊鼓使她快樂。

心智圖

繪者：魏一烽

導圖解析

　　這幅心智圖分為三部分：**愛慕、思念、願望**。

　　第一部分是愛慕，描寫主角見到一位漂亮的姑娘，從而引起愛慕的感情和求婚的願望。開篇用**起興**的手法，以相向和鳴的雎鳩鳥來象徵人間愛情。「窈窕淑女，君子好逑」是全詩的綱，統攝全詩。

　　第二部分是思念，寫主角因求漂亮姑娘不得，而朝思暮想、寢食不安的苦戀情形。

　　第三部分是願望，其實是嚮往之辭，表達了主角希望與姑娘**成婚**的美好願望。「琴瑟友之」、「鐘鼓樂之」，是設想與姑娘結婚時鼓樂齊鳴的歡樂場面。由於最後這一部分包含兩次「參差荇菜」和「窈窕淑女」，所以將其進行了相應合併。

蒹葭

〔朝代〕先秦

文題解讀

　　「蒹葭」就是蘆葦，一種水生植物。「蒹葭」的標題取自詩歌的第一句，這是《詩經》中詩歌命名的一般性做法。

經典原文	參考譯文
蒹葭蒼蒼，白露為霜。	蘆葦茂盛一片，清晨的露水變成霜。
所謂伊人，在水一方。	我所思念的心上人啊，就站在水的另一邊。
溯洄從之，道阻且長。	溯流而上去追尋她，道路又艱險又漫長。
溯游從之，宛在水中央。	順流而下去追尋她，她好像在水的中央。
蒹葭萋萋，白露未晞。	蘆葦茂盛一片，清晨露水還沒乾。
所謂伊人，在水之湄。	我所懷念的心上人啊，她就站在河那邊的岸上。
溯洄從之，道阻且躋。	逆流而上去追尋她，道路又險又高。
溯游從之，宛在水中坻。	順流而下去追尋她，她好像在水中的高地上。
蒹葭采采，白露未已。	蘆葦茫茫連成片，清晨露水還沒有乾。
所謂伊人，在水之涘。	我所懷念的心上人啊，她就站在河對岸的水邊。
溯洄從之，道阻且右。	逆流而上去追尋她，道路又艱險又彎曲。
溯游從之，宛在水中沚。	順流而下去追尋她，她好像在水中的陸地上。

心智圖

繪者：李燕玲

導圖解析

　　蒹葭的中心圖，以潺潺流水、茂盛蘆葦（蒹葭）、一輪圓月為主要意象，並將文題「蒹葭」用篆體書寫在水中，這些都很好地表現了該詩的主要內容。

　　縱觀全詩，內容分為三個章節，重章疊句，每節以「蒹葭」引出並分別以「蒼蒼」、「萋萋」、「采采」起興。本幅心智圖在創作時，將同類內容進行歸類，分為五個大綱主幹及對應的分支內容。第一部分蒹葭，它對應的疊詞「蒼蒼」、「萋萋」、「采采」；第二部分白露，它對應的詞是「霜」、「未晞」、「未已」；第三部分伊人，它對應的詞「一方」、「湄」、「涘」；第四部分溯洄，它對應的詞是「長」、「躋」、「右」；第五部分溯游，它對應的詞是「中央」、「坻」、「沚」。

　　整幅心智圖以便於記憶為宗旨，將同類關鍵詞歸納為一支，有利於比較辨析。同時大綱主幹上的小圖用於突出重點內容，以達到加強記憶的效果，創造性地表達給讀者，從而給讀者留下深刻的印象。

茅屋為秋風所破歌

〔作者〕杜甫 〔朝代〕唐朝

文題解讀

「為」，被；「茅屋為秋風所破」，即茅屋被秋風吹破；「歌」，古詩的一種體裁。題目交代了詩的創作緣由和體裁。

經典原文	參考譯文
八月秋高風怒號，卷我屋上三重茅。茅飛渡江灑江郊，高者掛罥長林梢，下者飄轉沉塘坳。	八月的深秋狂風怒號，捲走我屋上多層茅草。茅草飛過江水散落在江邊，飛得高的掛在高高的樹梢上，飛得低的飄轉到池塘水中。
南村群童欺我老無力，忍能對面為盜賊。公然抱茅入竹去，脣焦口燥呼不得，歸來倚杖自嘆息。	南村一群頑童欺負我年老無力，竟然狠心這樣當面做搶掠的事。公然抱著茅草跑入竹林去，我喊得脣焦口乾但也喝止不住，回家後拄拐杖獨自嘆息。
俄頃風定雲墨色，秋天漠漠向昏黑。布衾多年冷似鐵，嬌兒惡臥踏裡裂。床頭屋漏無乾處，雨腳如麻未斷絕。自經喪亂少睡眠，長夜沾溼何由徹！	一會兒風停了，黑雲墨色一般，秋季天空陰沉迷濛漸漸黑下來。被子已用多年，冰冷如鐵板，孩子睡相不好，把被裡蹬破了。床頭因屋漏雨沒有乾的地方，密集的雨點像下垂的麻線一樣沒有停歇。自從經歷戰亂以來，很少睡好覺，又溼又冷的長夜如何捱到天亮！
安得廣廈千萬間，大庇天下寒士俱歡顏！風雨不動安如山。嗚呼！何時眼前突兀見此屋，吾廬獨破受凍死亦足！	如何能得到寬敞的大屋千萬間，來庇護天下貧寒的百姓，讓他們都能露出笑臉！在風雨中不動安穩如大山。唉！什麼時候我的眼前能突然出現這麼多的房屋，到那時，即使只有我的屋子破漏我受凍而死也心甘。

心智圖

繪者：許家瑜

導圖解析

　　這幅圖的中心圖，是詩人在親友幫助下在四川成都浣花溪畔修建的**杜甫草堂**，詩人在草堂內的情形。全詩共四節，所以這幅心智圖就分為四部分，分別是**秋風破屋、群童抱茅、長夜沾溼和崇高理想**。

　　第一部分寫秋風破屋，關鍵詞是「風」，大綱主幹就是風的**變形**。先畫了一個日曆寫上八月，然後畫狂風怒吼的情景，表達「八月秋高風怒號」。**龍捲風**捲起房子上的茅草來表示「卷我屋上三重茅」，旁邊畫了一條河是表達「茅飛渡江灑江郊」。分開高低兩種不同情況。高的掛在樹梢即「高者掛罥長林梢」，低的落在水塘裡即「下者飄轉沉塘坳」。

　　第二部分寫群童抱茅，關鍵詞是「茅」，大綱主幹是茅草的變形。分別從群童和「我」兩個角度寫。一群孩子抱著茅草，跑進竹林畫出了「南村群

童欺我老無力，忍能對面為盜賊，公然抱茅入竹去」的情景。悲傷愁苦的「我」又如何？畫一張嘴發不出聲音表示「脣焦口燥呼不得」；一位老人拄著拐杖嘆氣表達「歸來倚仗自嘆息」。

　　第三部分寫長夜沾溼，關鍵詞是雨，大綱主幹是雨滴的變形。用兩朵烏雲表示「俄頃風定雲墨色」，「秋天漠漠向昏黑」則用深灰色表示天黑了。「布衾」是被子，「冷」用溫度計和雪花表示，旁邊畫上鐵塊表示「布衾多年冷似鐵」。一隻小腳丫踢破了被子表示「嬌兒惡臥踏裡裂」。屋外下大雨，屋內下小雨，沒有一處不漏雨，畫的是「床頭屋漏無乾處」。「雨腳如麻未斷絕」用一只鐘錶表示持續的時間長。詩人躺在床上，還在回想著戰亂的情形，表達了「自經喪亂少睡眠」。「長夜沾溼」畫的是不斷滴下的雨滴。「何由徹」是什麼時候雨可以停？這裡是詩人的想像，想像陽光燦爛的時候。

　　第四部分表達詩人的崇高理想。「安得廣廈千萬間」畫的是一座座寬敞明亮的彩色房子。任外面狂風暴雨，屋內都是一張張笑臉的圖景，展示了「大庇天下寒士俱歡顏」的理想。想像中出現了彩色房屋，表達「何時眼前突兀見此屋」。一位老人住在破敗不堪的草房裡，似乎靈魂出竅表示「吾廬獨破受凍死亦足」。詩人捨己為人、至死不悔的偉大精神破紙而出！

賣炭翁

〔作者〕白居易　〔朝代〕唐朝

文題解讀

「翁」，即老人。題目交代了本詩的寫作對象，清楚明瞭。

經典原文	參考譯文
賣炭翁，伐薪燒炭南山中。滿面塵灰煙火色，兩鬢蒼蒼十指黑。賣炭得錢何所營？身上衣裳口中食。可憐身上衣正單，心憂炭賤願天寒。夜來城外一尺雪，曉駕炭車輾冰轍。牛困人飢日已高，市南門外泥中歇。 翩翩兩騎來是誰？黃衣使者白衫兒。手把文書口稱敕，回車叱牛牽向北。一車炭，千餘斤，宮使驅將惜不得。半匹紅紗一丈綾，繫向牛頭充炭直。	有位賣炭的老翁，整年在終南山裡砍柴燒炭。他滿臉灰塵，顯出被煙燻火燎的顏色，兩鬢頭髮灰白，十個手指也被燻得很黑。賣炭得到的錢做什麼用？買身上穿的衣裳和嘴裡吃的食物。可憐他身上只穿著單薄的衣服，心裡卻擔心炭價低而希望天氣更寒冷。夜裡城外下了一尺厚的大雪，清晨，老翁駕著炭車軋著冰凍的車轍趕路。牛累了，人餓了，太陽已經升得很高了，他就在市集南門外的泥路上歇息。那飄然而來的兩個騎馬人是誰啊？是皇宮內的太監和太監的手下。太監手裡拿著公文，說是皇帝的命令，掉轉車頭，吆喝著趕牛朝皇宮走去。一車的炭，一千多斤，太監差役們硬是要趕著走，老翁是百般不捨，但又吝惜不得。他們把半匹紅紗和一丈綾，朝牛頭上一掛，就充當買炭的錢了。

147

心智圖

繪者：魏一烽

導圖解析

　　這張圖的中心圖畫了個賣炭翁。全文分為五個部分，分別是**介紹**、**矛盾**、**處境**、**遭遇**和**泡影**。

　　第一部分「介紹」，包含了老人的基本**形象特徵**，著重從臉、鬢、手的顏色勾勒出賣炭翁的外貌特徵，表現了賣炭翁的老邁和常年艱辛勞作的生存狀態。

　　第二部分「心理」，講的是老人的**理想**與**現實**產生了衝突。第一個分支強調了老翁辛苦燒炭的目的 ——「身上衣裳口中食」。第二、三分支主要是從心理角度刻劃賣炭翁。正值嚴寒天氣，身上衣服本已單薄，可他心裡仍希

望天氣冷一些，希望炭能賣個好價錢，從而解決全家的溫飽問題，這種**矛盾**的**心理**，深刻揭示了賣炭翁的**悲慘處境**。

第三個部分「**處境**」，講的是老人現在面臨的**自然環境**。處境部分分為兩個維度：夜（月亮）和曉（清晨），說明老翁很早起床。內容分支上，一尺雪，畫了雪花表示，說明雪很大，從側面烘托了**運炭**的艱難。

第四部分是「**遭遇**」。分支後面兩個小東西代表了兩騎的意思，緊接著一黃一白兩件衣服代表「黃衣使者白衫兒」，表明來者身分。後面幾個小影像把宮使驕橫無理、有恃無恐的**強盜行徑**給表現了出來。

第五個部分是泡影，講述的是老人的**願望**化為泡影。「千餘斤」，點明炭的數量，暗示賣炭翁付出的血汗之多。「惜不得」，寫出了賣炭翁忍氣吞聲、無可奈何的心態，也揭示了像賣炭翁一樣的下層貧苦人民受剝削、受壓迫的社會地位。「半匹」、「一丈」，極言其少，與「千餘斤」的炭形成強烈**反差**。

《詩經・邶風》

文題解讀

式微，意思是天黑了。

經典原文	參考譯文
式微，式微，胡不歸？ 微君之故，胡為乎中露？ 式微，式微，胡不歸？ 微君之躬，胡為乎泥中？	天黑了，天黑了，為什麼還不回家？如果不是你們的緣故，何以還在露水中？天黑了，天黑了，為什麼還不回家？如果不是為了養活你們，何以還在泥漿中？

心智圖

繪者：李斌

導圖解析

　　這幅導圖是從便於**理解**和**記憶**的目的出發來繪製的。全詩共二章八句，不僅句句用韻，而且每兩句一換韻，所以全詩節奏短促，情調急迫，充分表達出服勞役者的**痛苦心情**，也反映出他們日益強烈的反抗暴政的決心。這首詩揭示了先秦時代被統治者受君王的統治壓迫，有家不能回，日夜奔波勞作的不滿心境。中心圖用太陽落山、月亮升起代表夜色見黑，而勞作者依然在泥水中勞動的場景來呈現。通讀原文後，將文章結構分成了三部分，也就是三個大綱主幹：**問題、緣由、結果**。原文是對稱式的寫法，所以在導圖中用緣由的「故」對應結果中的「露」，用①標註，用緣由的「躬」對應結果中的「泥」，用②標註。同時，兩次提問，都對應的是因為統治者的暴政，所以，繪製「凶狠」表情的帝王來做強調。

子衿

《詩經·鄭風》　〔朝代〕先秦

文題解讀

子衿，你的衣領。

經典原文	參考譯文
青青子衿，悠悠我心。 縱我不往，子寧不嗣音？ 青青子佩，悠悠我思。 縱我不往，子寧不來？ 挑兮達兮，在城闕兮。 一日不見，如三月兮！	青青的是你的衣領，悠悠的是我的思念。縱使我不曾去會你，難道你不能把音信傳？青青的是你的佩帶，悠悠的是我的情懷。縱然我不能去找你，難道你不能主動來？獨自徘徊張眼望啊，在這高高的城樓上。一天不見你的面啊，好像有三個月那樣長。

心智圖

繪者：張秋菊

導圖解析

「青青子衿」、「青青子佩」中「子」在古代指「男子」，由此推斷這是一位女子寫給一位男子的愛情詩，因此中心圖我便畫了一位美麗的**古代女子**。全詩共表達了女子**四層情感**：對戀人深深的愛戀，由愛戀又生起了陣陣幽怨，在幽怨中焦灼等候戀人的歸來，在等候中又泛起濃濃的思念。因此，我將**愛戀、幽怨、等候和思念**作為四個部分的關鍵詞。

第一部分：愛戀。「青青子衿，悠悠我心。青青子佩，悠悠我思」的大意：青青的你的衣領，你的佩戴；悠悠的我的愛意，我的情懷！「青青子衿」、「青青子佩」，是以戀人的衣飾**借代戀人**。

第二部分：幽怨。「縱我不往，子寧不嗣音？縱我不往，子寧不來？」這一句中，「縱我」與「子寧」**對舉**，形成兩個反問句，渴盼之情中不無矜持之態，令人生出無限想像，可謂字少而意豐。

第三部分：等候。「挑兮達兮，在城闕兮。」這一句表明了女子所在的**地點與狀態**，地點：在城樓上；狀態：獨自徘徊，等候戀人。

第四部分：思念。「一日不見，如三月兮！」透過**誇張**的修辭手法，形成主觀時間與客觀時間的反差，從而將其強烈的**情緒**形象地表現出來。整首詩不到 50 字，但女主角等待戀人時，焦灼萬分的情狀好像就在眼前。

在不太容易理解或是需要提醒的地方，我加上影像以方便大家記憶和理解。

送杜少府之任蜀州

〔作者〕王勃 〔朝代〕唐朝

文題解讀

標題點明人物和地點，少府，縣尉的別稱；蜀州，今四川崇州。

經典原文	參考譯文
城闕輔三秦，風煙望五津。 與君離別意，同是宦遊人。 海內存知己，天涯若比鄰。 無為在歧路，兒女共沾巾。	長安城由三秦之地輔衛，透過那風雲煙霧遙望著五津。和您離別心中懷著無限情意，因為我們都是在宦海中浮沉的人。只要四海之內有著知心朋友，縱使遠在天涯也如近鄰一般。我們不要在告別的地方，像戀愛中的青年男女那樣悲傷流淚，沾溼手巾。

心智圖

繪者：劉春豔

導圖解析

這是一首離別詩，所以在構思中心圖時，畫了兩個人告別的情景。柳樹一般表示離別傷感，所以加入**柳樹**的元素，兩人即將分離，遠隔千山萬水，所以加入卷雲、山、水、大雁。

本詩四句話，從不同角度展示這個主題，因此我將本詩分成了四個部分：**遙遠、別情、友誼、叮嚀**。

第一部分：遙遠。透過說明地點，來表現路途的遙遠，從城闕出發（三秦是城闕的一個補充說明，是遞進的關係），到終點五津，遠遠望去，風塵煙靄，蒼茫無際。我用**風吹煙霧**和煙中的一隻**眼睛**來表示這個場景。

第二部分：別情。「與君離別意」說的是離別心中懷著無限的情誼，提取「君、離」作為關鍵詞；「同是宦遊人」，意思是我們都是宦海中浮沉的人，都是為官之人，所以導圖中一**頂官帽**足以代替這句的意思。

第三部分：友誼。「海內存知己」，用字圖結合的形式，用藍色線條表示「海」，一個向下的箭頭表示「內」；「天涯若比鄰」，意識是縱使遠在天涯也如近鄰一般。因為長安和四川相隔很遠，但又要展現「鄰」，我用彼此握手，緊挨在一起的兩棟寫著「長安」、「四川」的**房子**來表達，用山、水、雲朵表示「天涯」，這樣一幅畫面就能讓我回憶這首詩句的同時，又理解了詩中的含義。

第四部分：叮嚀。顧名思義，就是朋友間分別時囑咐的話語。雖然兩句話，但是說的是一個意思：不要在告別的地方，像戀愛中的青年男女那樣沾溼手巾，悲傷流淚。所以我只用了一個分支。「無為在歧路」，用一個打叉號**岔路口**表示；「兒女共沾巾」，用一對告別哭泣的男女表示，為展現是戀愛中的男女告別的，我又畫了一**顆心**，心中寫著「bye」來加以補充說明。

望洞庭湖贈張丞相

〔作者〕孟浩然　〔朝代〕唐朝

文題解讀

張丞相，指張九齡（西元 678 － 740 年），唐玄宗時為相。

經典原文	參考譯文
八月湖水平，涵虛混太清。 氣蒸雲夢澤，波撼岳陽城。 欲濟無舟楫，端居恥聖明。 坐觀垂釣者，徒有羨魚情。	八月洞庭湖水都快和堤岸齊平了，水映天空，與天空渾然一體。湖上蒸騰的霧氣籠罩著整個雲夢澤，波濤洶湧衝擊著岳陽城。我想渡湖卻沒有船隻，閒居在家，因有負太平盛世而感到羞愧。閒坐旁觀垂釣的人，只能白白地產生羨魚之情了。

心智圖

繪者：李燕玲

導圖解析

　　心智圖以**遠山**、**帆船**、**湖水**、**樓臺**建構中心圖，表現了遼遠闊大的洞庭湖全貌。標題「望洞庭湖贈張丞相」書寫在中心圖的正上方。該詩為五言律詩，兩句成聯。

　　第一部分首聯，敘述洞庭湖時間、空間，大綱主幹圖用浮動的氣泡來表現抽象的「時空」，分支關鍵詞為「八月」、「涵虛」。

　　第二部分頷聯，描寫洞庭湖聲響氣勢，大綱主幹圖為在氤氳煙氣籠罩下的岳陽樓，詩句概括為「聲勢」，對應的分支關鍵詞為「蒸」、「撼」。

　　第三部分頸聯，是作者在抒發自己不被重用的無奈之情，大綱主幹圖表現了詩人有理想卻難實現的**愁苦狀態**，內容概括為「理想」，對應的分支關鍵詞為「舟楫」、「聖明」。

　　第四部分尾聯，表達詩人現實感慨，大綱主幹圖用垂釣者形象來表達主要內容並概括為「現實」，分支關鍵詞為「觀」、「羨」。

　　本幅作品最大的特點是將大綱主幹**形象化**，同時巧妙地與中心圖融為一體，使詩句很好地融於情境之中。在邏輯表達上寫景與抒懷相互對應，提煉精準。整幅心智圖圖文並茂，很好地表現了詩歌的**內涵**。

題破山寺後禪院

〔作者〕常建　〔朝代〕唐朝

文題解讀

破山寺，即江蘇常熟虞山北麓興福寺。

經典原文	參考譯文
清晨入古寺，初日照高林。 曲徑通幽處，禪房花木深。 山光悅鳥性，潭影空人心。 萬籟此都寂，但餘鐘磬音。	清晨，走進古老的禪寺，朝陽初升，照著高高的山林。小徑彎曲通向幽深的深處，禪房隱藏在茂密的花木叢中。山中景色使鳥怡然自得，潭中影像使人心中俗念消失。各種聲響此時皆寂靜，只聽見迴盪於山林的鐘磬聲。

心智圖

繪者：王春玲

導圖解析

　　這幅心智圖以想像詩人清晨時分，走在去古寺路上，置身自然美景中的畫面來建構中心圖，便於我們與詩人一同領略勝境，進入佳境。標題「題破

山寺後禪院」書寫在中心圖的上方。

　　該詩為一首**題壁詩**，題壁詩就內容而言，皆是有感而作，所以我們不妨追隨詩人的行跡，和他感同身受，彷彿我們在某個天氣非常好的清晨，也有了這樣一次出行。那麼我們的出行之旅就開始了。

　　首先是點明要前往的**時間**和要去的**地點**，即第一句詩的內容。這裡提取了一個「入」字放到了大綱主幹，雙腳踏出門外，也預示著我們的行程開始。所以，大綱主幹上用兩隻腳的圖案進行圖示。內容分支上分別從時間和地點兩方面進行呈現。

　　接下來，從第二句到第六句內容都是詩人一路上透過眼睛看到的事物有感而發，所以這裡提煉了一個關鍵詞為「看」，並畫了一隻眼睛進行了圖示。內容分支，是按照看的視角來進行區分的，分別是**仰望**、**凝望**、**回望**和**俯望**。

　　我們可以想像一下：詩人出門先抬頭看看，發出「初日照高林」的感慨；走在路上又會停下來往目的地的方向進行凝視，描繪出「曲徑通幽處，禪房花木深」的景象來；而後聽到歡呼雀躍的鳥叫聲，又會起身再回頭看看這美麗的山光，有了「山光悅鳥性」的抒懷；最後俯望潭邊也會被一潭清水吸引，有了「潭影空人心」的感受。當然這是一些想像的場景與畫面，而這些角度可以幫助我們和作者一同走進勝境，領略到詩作者眼中的風光，這裡分別將詩句中的內容用影像語言的方式來進行呈現。

　　到了最後，行程即將結束，我們猶如詩人一樣，踏入了古寺，當我們走進古寺時，能感受到這裡不同於我們一路所看到的風光，這裡多的是一份莊嚴與凝重，所有的聲音、景象都歸於沉寂，仿若一個人進入參禪打坐的狀態。

　　在這裡，提煉了一個「聽」字放在了大綱主幹上，並用「耳朵」加以圖示。內容分支分別從聽得到和聽不到兩個方面展開。聽得到的是**鐘磬音**，聽不到的是**萬籟聲**。萬籟俱寂就是說，哪怕針掉到地上都能聽得見，來表現萬

籟之靜，所以「萬籟聲」後面的分支上又接了「針」的影像來進行強調，有助於理解與回憶。

　　整首詩下來，最後這兩句詩才是作者真正想表達的，最後一句中一個「但」字，可見作者是多麼希望，日後自己能夠一直保持這樣的內心狀態 —— 萬籟此都寂，但餘鐘磬音。回到我們的當下，面對紛繁複雜的世界，這種內心狀態何嘗不是一些人也在渴望的內心狀態呢？

　　好了，到此我們的行程結束，對這首詩的導圖繪製過程的說明也結束了。

　　最後來談一下用心智圖畫古詩的感受，開始用心智圖來畫古詩，我們是衝著記住它而去，可當我們在畫的過程中，又意外收獲一些不同的感受和體會，會覺得古詩非常值得我們去賞析，它是古人給我們留下的文化寶藏，是一筆寶貴的精神財富。

送友人

〔作者〕李白　〔朝代〕唐朝

文題解讀

　　這是一首送別友人的詩。

經典原文	參考譯文
青山橫北郭，白水繞東城。此地一為別，孤蓬萬里征。浮雲遊子意，落日故人情。揮手自茲去，蕭蕭班馬鳴。	青山橫亙在城郭的北側，明淨的河水環繞在城郭的東面。我們即將在這裡分別，你就要像蓬草一樣孤身踏上萬里行程。遊子的行蹤像浮雲一樣飄忽不定。落日緩緩而下，好似難捨的友情。你向我揮手，從此離開，你騎的那匹離群的馬蕭蕭長鳴，似乎不忍離去。

心智圖

繪者：張莉娟

導圖解析

　　這是一首充滿詩情畫意的**送別詩**，為李白名篇之一。全詩四十個字，表達了作者送別友人時的依依不捨之情，境界開朗，對仗工整，自然流暢。

　　根據詩意，導圖以一幅青山、白水、落日、班馬、依依惜別的人構成的情景圖作為中心圖，勾勒出惜別場景，蘊含難捨情緒。全圖透過三個層次來表達。

　　第一層次：寫景，對應首聯，交代告別的地點。**青山對白水**，「橫」勾勒青山的靜態美，「繞」描繪白水的動態美；

　　第二層次：抒情，對應頷聯和頸聯，表明作者的情意。一為不忍之情，此去友人即將如孤蓬一般漂泊天涯；二為不捨之情，以後再難想見，甚至連友人的行蹤都未知，借「浮雲」、「落日」比喻友人。

　　第三層次：昇華，對應尾聯，離別之時，離群的馬兒也在蕭蕭長鳴，藉此襯托依依不捨的離別情緒，感情得到昇華。

卜運算元·黃州定慧院寓居作

〔作者〕蘇軾　〔朝代〕北宋

文題解讀

卜運算元，詞牌名。定慧院，一作「定惠院」，在黃州東南。

經典原文	參考譯文
缺月掛疏桐，漏斷人初靜。 誰見幽人獨往來，縹緲孤鴻影。 驚起卻回頭，有恨無人省。 揀盡寒枝不肯棲，寂寞沙洲冷。	彎彎的月兒懸掛在樹枝稀疏的梧桐樹上，深夜，人群開始安靜。有誰見到幽居之人獨自往來，彷彿天邊孤雁般縹緲的身影。 牠突然起飛，並頻頻回頭，心裡有恨卻無人知曉。牠揀遍了寒冷的樹枝不肯棲息，獨自降落在江中荒冷的沙洲上。

心智圖

繪者：劉英辰

導圖解析

　　這闋詞是蘇軾於元豐五年十二月貶居黃州時的抒懷之作。因此本幅導圖，選用了一本黃色的線裝宋版書和詞中所描繪的月夜之景作為中心圖。大綱主幹共有三個，分別是地點、環境和人物。本幅心智圖的創作亮點在於大量使用簡潔圖示表達意思。

　　第一部分「地點」中，二級分支處繪製了一個只標有「E」和「S」的座標，用中心圖裡寺院窗櫺的顏色塗一個點，表達了「定慧院在黃州東南」之意。

　　第二部分「環境」中，畫一彎缺月「掛」在疏落的桐枝之上，代表的是「缺月掛疏桐」整句；用打了叉號的水滴和宋元時期的漏壺裝置，形象地表達「漏斷」之意。這兩句營造了一種夜深人靜、月缺桐疏的孤寂氛圍，為「幽人」、「孤鴻」的出場做鋪墊。

　　第三部分人物分為幽人和孤鴻兩部分。「幽人獨往來」中的「獨」用「1」表示獨自。孤鴻部分實則是詞人借孤鴻自比，以抒發其「幽約怨悱不能自言之情」，所以將孤鴻歸入「人物」這一大綱主幹之中，並用「虛線人形」圖表意，同時也呼應了「幽人」的實線人形圖示。「驚、恨、揀、忍」是提煉出的表示並列關係的動詞，其中「驚、恨、揀」用螢光黃色標註，表示是出自原文。「忍」是自己根據原文內容提煉總結的。這些關鍵詞表現了詞人心境的孤獨和志趣的高潔。總之，這首詞託物寫懷，是詞人對人生的反省，也是對理想的堅守。

卜運算元‧詠梅

〔作者〕陸游　〔朝代〕南宋

文題解讀

卜運算元，詞牌名。詠梅，是詞的標題。

經典原文	參考譯文
驛外斷橋邊，寂寞開無主。 已是黃昏獨自愁，更著風和雨。 無意苦爭春，一任群芳妒。 零落成泥碾作塵，只有香如故。	驛站的外面，殘破的橋邊，梅花自開自落，無人過問黃昏時分，梅花早已淒冷愁苦，偏偏又遭受狂風暴雨的侵襲。 不想去與百花爭春鬥豔，任憑百花心生嫉妒。 即使凋零飄落，化為泥土，碎成塵埃，它原來的清香仍然像從前一樣。

心智圖

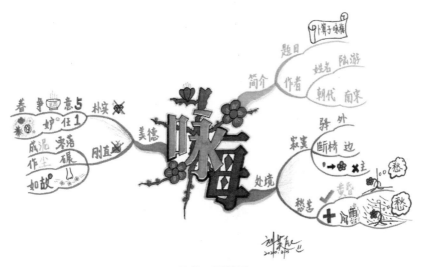

繪者：劉英辰

163

導圖解析

　　陸游對梅花情有獨鍾，稱讚梅花是「花中氣節最高堅」，本詞正是一首作者以梅自喻、託梅寄志的佳作。本幅心智圖的創作亮點在於中心圖和大綱主幹的顏色選取均可表意。中心圖以詞題為主要內容，「詠」字選取寓意脫俗和生機的綠色，呼應全詞主旨；「梅」字採用心智圖的影像字畫法，選用梅花本色。本幅導圖分為了三部分：**簡介、處境、美德**。

　　第一部分是簡介，主要介紹了作者的名字與朝代。

　　第二部分是詞的上闋，集中描寫了梅花的艱難處境，因此「處境」這一大綱主幹，選用了和梅色同色系的紅色，梅花雖然處境惡劣，但是其倔強、頑強已不言自明。第三部分是詞的下闋，寫的是美德，雖然在寫梅的**哀苦悲戚**，但主旨卻是讚頌梅花的樸實無華與剛直不阿，所以「美德」大綱主幹是從「詠」字出來，顏色選取上也與「詠」字相同。詞人以梅花自喻，表達了雖歷盡艱辛，也不趨炎附勢，而要堅守節操的決心，即**託梅言志**。

上冊

行路難（其一）

〔作者〕李白　〔朝代〕唐朝

文題解讀

「行路難」是樂府〈雜曲歌辭〉舊題，大多詠嘆世路艱難、貧困孤苦的處境。

經典原文	參考譯文
金樽清酒鬥十千，玉盤珍羞直萬錢。停杯投箸不能食，拔劍四顧心茫然。欲渡黃河冰塞川，將登太行雪滿山。閒來垂釣碧溪上，忽復乘舟夢日邊。行路難，行路難，多歧路，今安在？長風破浪會有時，直掛雲帆濟滄海。	金酒杯裡盛著價格昂貴的清醇美酒，盤子裡裝滿價值萬錢的佳餚。我放下酒杯和筷子，面對美酒佳餚卻吃不下去，拔劍起舞，環顧四周，心裡卻若有所失。想渡過黃河，堅冰卻堵塞大川，想登上太行山，大雪卻遍布高山。想像姜尚那樣閒暇在碧溪邊上垂釣，忽然又想像伊尹那樣在夢中乘船從太陽邊上經過。行路難啊，行路難啊，岔路多啊，如今身處何方？堅信風破浪的時機終將到來，到那時將揚起高高的帆遠渡茫茫大海。

心智圖

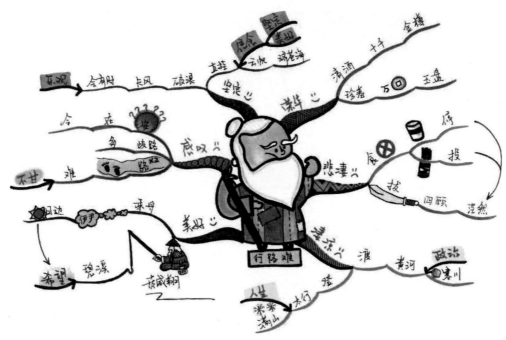

繪者：賈威翔

導圖解析

〈行路難（其一）〉是李白中年時作的一首詩。全詩分為六個部分。

第一部分：榮華。首句運用了誇張、對偶的修辭手法，寫朋友得知李白要離開的訊息，出於惜才與不捨，特為其設下宴席邀其同享美酒佳餚，場面**榮華壯麗**，但分別在即，卻無心品味這美酒佳餚，於是用「榮華」來概括。

第二部分：悲悽。寫李白由於心中不快而難食難飲，「停」、「投」、「拔」、「顧」四個連續的動作，不僅與前文的榮華形成對比，而且是與我們印象中一貫的豪氣充雲天的李白形成對比，更加突出他的憂鬱，表現出他處境的悲悽，所以用「悲悽」來概括。

第三部分：淒涼。寫的是李白的想像，他想渡黃河，但是**冰凍**住了河川；想登太行山，但是**雪封**住了山路。在此，黃河與太行分別指政治仕途和人生理想，相輔相成。也正是此詩的情緒最低點，於是用「淒涼」來概括。

第四部分：美好。第四句便開始情緒向上的轉捩點，詩人用**姜尚**和**伊尹**的典故表達了自己對從政仍有所期待，希望自己能重新得到朝廷的任用，所以用「美好」來概括。「閒來垂釣碧溪上」，相傳姜太公未遇到周文王前曾在渭水的磻溪垂釣，後輔佐周武王滅商；「忽復乘舟夢日邊」，相傳伊尹受商湯任用前，曾夢見乘船經過太陽旁邊。

第五部分：感嘆。第五句是詩人感嘆通往成功的**道路曲折坎坷**，自然用「感嘆」來概括。

第六部分：堅定。這裡是作者對未來的**期望**，也是全詩情緒的最高點，詩人堅信，他終有一天能夠乘風破浪，到達成功的彼岸。

這幅導圖中，黑色線條上標有色塊的關鍵詞，是繪製者根據自己的理解**延伸**出的內容。

酬樂天揚州初逢席上見贈

〔作者〕劉禹錫　〔朝代〕唐朝

文題解讀

「酬」是以詩相答的意思；樂天，指白居易，字樂天；「揚州」，相逢的
地點；「贈」指白居易在宴席上寫的〈醉贈劉二十八使君〉。

經典原文	參考譯文
巴山楚水凄涼地，二十三年棄置身。懷舊空吟聞笛賦，到鄉翻似爛柯人。沉舟側畔千帆過，病樹前頭萬木春。今日聽君歌一曲，暫憑杯酒長精神。	巴山楚水是荒遠凄涼的地方，二十三年來，我被朝廷貶謫在那裡。回到家鄉，已是物是人非，許多老朋友已去世，現在只能徒然地吟誦〈思舊賦〉，我像爛柯人一樣歸鄉後，家鄉已經滄海桑田。沉舟旁邊還有千千萬萬艘船競相向遠方出發，枯樹前面還有萬千林木欣欣向榮。今日聽了你為我吟誦的這首詩，暫且憑藉這一杯美酒振作精神。

心智圖

繪者：肖雄輝

導圖解析

　　這幅導圖從四個方面分析了該詩的知識重點：文學常識、賞析、情文結合、結構脈絡。

　　第一個重點：文學常識，有關作者和古詩的訊息。這首七言律詩是一首酬答詩，是劉禹錫回贈給白居易的。

　　第二個重點：賞析，有關背景和抒發的情感。全詩講的是白居易和**劉禹錫**的事情，劉禹錫罷和州刺史，回歸洛陽，在揚州與白居易相逢，白居易在筵席上寫了一首〈酬贈劉二十八使君〉相贈，詩中白居易對劉禹錫被貶謫的遭遇表示憤激和不平，劉禹錫便寫了此詩來酬答他。

　　第三個重點：情文結合，也就是把文章內容和情感相結合，分別從首頷頸尾四聯說明作者要表達的情感與對應的詩句。詩的首聯透過「淒涼地」和「棄置身」這些富有感情色彩的詞語渲染，讓讀者在了解和同情作者長期謫居的痛苦經歷的基礎上，感覺到詩人抑制已久的**憤激之情**，具有很強的藝術感染力。詩的頷聯運用了兩個典故 ——「聞笛賦」（西晉向秀所作的〈思舊賦〉）和「爛柯人」（南朝梁任昉《述異記》中的晉人王質），詩人藉助前一典故，表達了對王叔文等人的悼念；藉助後一典故，抒發了對歲月流逝、人事變遷的感嘆，用典貼切，感情深沉。詩的頸聯，緊承頷聯而來，「沉舟」和「病樹」是比喻久遭貶謫的詩人自己，而「千帆」和「萬木」則比喻在貶謫之後那些仕途得意的**新貴**。這一聯本是劉禹錫感嘆身世的憤激之語，由於它客觀上包含著新陳代謝的自然規律，其意義就不僅侷限於詩人的身世之感了，白居易稱讚這一聯「神妙」。詩的尾聯是**點睛之筆**。直抒胸臆，點明酬贈的題意是「長精神」三字，含義深刻，表現了詩人意志不衰，堅韌不拔的氣概。

　　第四個重點：結構脈絡。首聯敘事，以傷感低沉的情調，回顧貶謫生活，概述自己被貶謫、遭遺棄的境遇：「巴山楚水」概括詩人輾轉流徙的荒涼地域之廣；「二十三年」概括貶官時間之長。頷聯借用典故，慨嘆世事變遷，「懷舊」一句表達了詩人對已故友人的懷念；「到鄉」一句抒發了詩人對歲月流逝的感慨。頸聯寫景，是全詩感情昇華之處，也是傳頌千古的警句，預示發展前景，表現出詩人豁達的胸襟。尾聯抒情，與友樂觀共勉，順勢點明酬答的題意。這部分四種不同顏色的小圓點對應的是第三部分的「首頷頸尾」四聯，既保留了關聯性，又精簡了關鍵詞。

水調歌頭

〔作者〕蘇軾　〔朝代〕北宋

文題解讀

　　「水調歌頭」是詞牌名。相傳隋煬帝開汴河時曾製〈水調歌〉，唐人演為大曲。

經典原文	參考譯文
丙辰中秋，歡飲達旦，大醉，作此篇，兼懷子由。明月幾時有？把酒問青天。不知天上宮闕，今夕是何年。我欲乘風歸去，又恐瓊樓玉宇，高處不勝寒。起舞弄清影，何似在人間。 轉朱閣，低綺戶，照無眠。不應有恨，何事長向別時圓？人有悲歡離合，月有陰晴圓缺，此事古難全。但願人長久，千里共嬋娟。	丙辰年的中秋節，我歡暢痛飲到天亮，喝得大醉，寫了這闋詞，兼以表達對弟弟子由的懷念之情。明月是從什麼時候開始出現的？我端起酒杯問青天。不知道天上的宮闕裡，今天晚上是哪一年。我想乘著清風回到天上去，又擔心在那美玉砌成的樓宇裡，經受不住高處的寒冷。我在月光下翩翩起舞，影子也隨著舞動，哪裡比得上在人間。 月兒轉過硃紅色的樓閣，低低地掛在雕花的門窗上，照著不能入睡的人（指詩人自己）。月兒不該有什麼怨恨吧，為什麼偏在人們不能團聚時圓呢？人間總有悲歡離合，月亮總有陰晴圓缺，這種事情自古以來就難以求全。只希望你我健康長壽，雖然相隔千里，也能共享這美好月光。

心智圖

繪者：劉梅豔

導圖解析

　　這張導圖是根據這闋詞的結構劃分成了三大部分：小序、把酒問天和懷人問月。

　　小序部分概括出了兩個動詞：飲和懷，在飲的部分交代了中秋飲酒達旦，作〈水調歌頭〉；懷的是弟弟子由。

　　把酒問天的部分總結出三個動詞：**問、欲、舞**。其中，問誰？問青天，問的是幾時和何年。欲的後面都是依次遞進的關係，全部使用了**影像語言**表達，其中「又恐瓊樓玉宇」是把一塊玉鐲擬人化，讓它表現出驚恐害怕的表情。

　　懷人問月的部分主要是詩人抒發情懷，所以用了四個帶「心」的字：思、怨、慰、願。用了很多的影像語言表達詩詞的意思。「古難全」用了**諧音法**，

一個鼓打出重重的一拳，是往南打出的一拳。

這張導圖的中心圖，是在心智圖的**邏輯架構**建立起來後敲定的，雖然中心圖是腦海中對中心主題第一印象的展現，但是在繪製古詩文導圖時總想深入感受意境後再確定的深刻印象圖，因為有的古詩文的題目只是一個詞牌名，比如〈水調歌頭〉就是詞牌名。

〈水調歌頭〉講述的是詩人蘇軾在中秋之夜把酒問月，嘆政治失意，思兄弟六年未聚，感人生悲歡離合，願千里長久嬋娟。酒乾再斟滿，蘇軾把酒問月的畫面深深地印在我的腦海中。中秋節的明月又大又圓，月光灑在詩人舉起的酒杯裡，灑在詩人惆悵的臉上。明月中的廣寒宮讓詩人思緒萬千……為了展現詩人與明月看似觸手可及、實則高高遠遠的距離，在明月中還添上了幾片雲朵。這個**中心圖**就是對〈水調歌頭〉的深刻印象。

月夜憶舍弟

〔作者〕杜甫　〔朝代〕唐朝

文題解讀

舍弟，對人謙稱自己的弟弟。

經典原文	參考譯文
戍鼓斷人行，邊秋一雁聲。露從今夜白，月是故鄉明。有弟皆分散，無家問死生。寄書長不達，況乃未休兵。	邊防駐軍的鼓聲響過，實行宵禁，禁止人行走。秋天的邊境，傳來孤雁悲切的鳴聲。恰逢白露時節，更懷念家人，還是覺得家鄉的月亮更明更亮。雖有兄弟但都離散各去一方，家已不存在，無法打聽到他們的消息。寄書信詢問常常總是無法到達，更何況烽火連天，叛亂還沒有平息。

173

心智圖

繪者：呂宏佳

導圖解析

　　這是唐代詩聖**杜甫**創作的一首描寫戰爭導致兄弟離散的五言律詩。中心圖畫出杜甫憂鬱的表情，大詩人靜靜地坐在石頭上，憂思國家與人民的前途與命運。抬頭仰望，月亮高高地掛在天上，也安詳地注視他。兄弟難以相見，只有託明月遙寄千里的**相思**。

　　整幅心智圖分為四部分：**手法、作者、景色和情感**。首聯與頷聯寫戰爭之景，頸聯與尾聯抒兄弟之情。

　　第一部分：手法。內容上詩人借戍樓的鼓聲、悲秋雁聲與白露、故鄉的月亮、未達的書信這些**意象**，表達了對親人深深的思念。整首詩歌從征人戍邊戰爭開始寫起，結尾落腳點放在「未休兵」上，構成首尾呼應的結構。

　　第二部分：作者。杜甫是唐代現實主義詩人代表，人稱「詩聖」，詩歌以憂國憂民和關注百姓生活為主，但是他個人的生活卻起伏不定，飄搖一

生，大綱主幹的**波浪線**暗示出這一點。因此杜甫的詩歌被稱為「史詩」。

　　杜甫一生分為四個時期：漫遊齊趙時期，他結識了好友李白；困居長安時期，創作了〈兵車行〉和〈麗人行〉等詩篇抨擊時政，諷刺權貴；為官被貶時期，他把自己對社會和生活的真實見聞記錄下來，成為不朽作品「三吏」、「三別」；漂泊西南時期，基本靠朋友嚴武的救濟生活，最後病死在湘江之上，而這個時期又是作者的創作高峰時期，〈蜀相〉、〈登高〉、〈茅屋為秋風所破歌〉和〈聞官軍收河南河北〉等優秀傳世之作都在此時誕生。因為這個時期最為重要，所以在時間的分支用了鬧鐘的小圖示，在西南的位置用了**指南針**並著重標出西南的位置。

　　第三部分：景色。因為本詩有借景抒情的手法，所以把景色作為單獨的一部分。實寫為**所見之景**和**所聞之景**。小圖示眼睛和耳朵分別代表見和聞：「斷路」、「行人」點明當時的社會環境，頻繁的戰爭阻斷了暢通的道路；「戍鼓」、「雁聲」不僅沒有讓內容生動起來，反而增添了更多的**哀音**。但是生活依然要繼續，詩人給了自己一絲希望：「在白露節的夜晚，我偏偏要說還是我家鄉的那輪明月最為明亮！」這是有強烈的主觀色彩的，「物皆著我之色彩」。月亮本無差別，有別在於人心，可見作者思鄉情重。因為這句是想像之景，所以用小圖示**一顆紅心**來代表。

　　第四部分：情感。頸聯和尾聯表達了詩人斷腸般的傷心和憂慮。傷心是因為兄弟離散，難以相見；斷腸是因為個人的小家不復存在，生死未卜；憂慮是因為親人間的書信不能通達，難以連繫；思慮是因為國家的連年征戰，人民不能太平生活。結尾用「況乃」二字更見作者對國家和人民寄語**無限深情**，小圖示書信和兵器也強調出這種意味，可謂含蓄蘊藉，餘音裊裊。

長沙過賈誼宅

〔作者〕劉長卿　〔朝代〕唐朝

文題解讀

賈誼（西元前 200—前 168 年），洛陽人，西漢政論家、文學家。

經典原文	參考譯文
三年謫宦此棲遲，萬古唯留楚客悲。秋草獨尋人去後，寒林空見日斜時。漢文有道恩猶薄，湘水無情弔豈知？寂寂江山搖落處，憐君何事到天涯！	賈誼被貶至長沙在此居留三年，如今只留下萬古不變的悲哀。我在秋草中尋覓人跡不在，寒林裡空間夕陽緩緩傾斜。漢文帝重才恩德尚且淡薄，湘江水無情，憑弔屈原有誰知道？沉寂的江山，草木搖落的地方，可憐你為何來到這海角天涯！

心智圖

繪者：呂宏佳

導圖解析

這是一首唐詩精品的**懷古傷今**的七言律詩。詩人借被楚懷王見疏見離的**屈原**和被漢文帝貶為長沙太傅的**賈誼**這兩個人物，抒發了自己被貶的憤懣與對當時社會不滿的心情。

這幅心智圖的中心圖，從**不同層次**和**不同角度**全景式地展現賈誼宅的全貌，彎彎曲曲的小路象徵詩人複雜的內心，綠樹掩映當中盡顯府宅的幽靜。

整幅心智圖分為五部分：**簡介、首聯、頷聯、頸聯和尾聯**。全詩描寫了歷史上屈辱被貶的兩個人物屈原和賈誼，進而對映自己的遷謫遭遇。全詩意境悲涼，真摯動人。

第一部分：簡介。這部分包括詩歌題材和作者風格兩個部分。懷古傷今的主題蘊含著賈誼和劉長卿坎坷經歷：賈誼少年成名，18 歲以善文著稱於世；33 歲因對梁懷王墜馬而死十分內疚，憂鬱而死。

第二部分：首聯。交代了賈誼的境況，**貶謫三年**，像鳥兒收斂翅膀歇息一樣惆悵失意，客居楚地。萬古悲情奠定了全詩的**感情基調**，可見悲愁之深廣。

第三部分：頷聯。用「秋草」、「寒林」、「人去」、「日斜」四種意象渲染出秋季蕭瑟寒冷的景色，就在這樣的景色當中，詩人還要「獨尋」和「空見」，獨自尋找賈誼的蹤跡，獨自懷著**景仰**之情，忍受孤獨寂寞，去看自己空空如也的**靈魂**，去感受唐朝末年危在旦夕的**情勢**。

第四部分：頸聯。此聯是懷古的落腳點。君恩深似海，可惜屈原和賈誼這樣的人才非但沒有被重用，相反，屈原帶著「眾人皆醉我獨醒」的遺憾投汨羅江而死，賈誼帶著「獨壹鬱其誰語」的心情憂鬱而終。劉長卿也飽受牢獄之災和貶謫之苦。

第五部分：尾聯。此聯借寂寂的江山與搖落的草木進而發問人生，到底是什麼事情讓如此有才華的人被貶謫到這般境地呢？我們本沒有罪，為什麼要受到這樣的待遇？小圖示片片飄零的**落葉**訴說著他們的寂寞；棕色的**江山**代表深重的孤獨之感。詩人以設問結尾、自問自答的形式傾訴難以排解的憂思與傷心。

左遷至藍關示姪孫湘

〔作者〕韓愈 〔朝代〕唐朝

文題解讀

左遷，貶官。

經典原文	參考譯文
一封朝奏九重天，夕貶潮州路八千。欲為聖明除弊事，肯將衰朽惜殘年！雲橫秦嶺家何在？雪擁藍關馬不前。知汝遠來應有意，好收吾骨瘴江邊。	早上我把一篇諫書上奏給朝廷，晚上就被貶官到八千里外的潮州。本想替皇帝除去那些有害的事，哪能以衰老為由吝惜殘餘的生命呢！陰雲籠罩著秦嶺，家鄉在何處？大雪擁塞藍關，馬也不肯前行。知道你遠道而來應該有所打算，正好在瘴江邊收殮我的屍骨。

心智圖

繪者：黃曉嬌

導圖解析

　　這是一首七言律詩，分為**起承轉**合四個部分，每一部分有上下兩句，導圖呈現原文、釋義，有助於記憶展開。

　　第一部分：起 —— 首聯寫被貶原因，不卑不亢，磊落坦蕩。朝與夕相對，一個早晨，一個黃昏；一個因，一個果，以信封表示「一封」，以太陽掛在夕字上表示夕陽。箭頭一個向上，表示上達九重天，即天子，向下的**箭頭表示被貶官降職**，對比分明，含有備受打擊的意思。

　　第二部分：承 —— 頷聯坦承心志，不辭衰老，不惜殘年，忠君之心彌堅。用**數學符號**三個點表示因為和所以，也是因果關係，為了醒目，把點點放在三角形裡。這一部分的兩個句子「欲為聖明除弊事，肯將衰朽惜殘年」偏於議論，是本文理解和記憶的難點，所以處理得更細一些。「欲」字上面畫的是一塊玉璧，玉的諧音便於想起「欲」這個字；拳頭表示「為」的意思，有決心的樣子；掃帚表示「除」；「肯」上面畫的是個「啃」字，嘴巴加上**鋸齒形**的筆畫，以諧音促進想起「肯」這個字；「將」畫的是象棋裡的「將」；「惜」字裡面用**叉號**處理的筆畫，表示原文裡這個字是「不惜」的意思，肯定字裡含有否定意；「殘年」畫的是一個**縫補**起來的心。作者韓愈在上表勸阻皇帝不要做錯事反而被貶官之後，雖然心靈備受打擊，但是他依然忠心不改，不後悔，願意繼續堅持一片忠心。所以這個殘年的殘有雙重意思，衰朽的年齡是表層，襯托的一顆不死的紅心才是深層含義。這個圖畫既有助於理解原文，也有利於加深背誦的印象。

　　第三部分：轉 —— 頸聯即景抒情，道盡英雄失路的悲慨。一個「顧」是向後望家的方向，「瞻」是往前看不得不去趕的路。韓愈此時心情沉痛，尤其是他的家人受牽連也被趕出了長安城，風雪中不得不一起南遷。他必須在指定時間前趕到貶所，所以一個人急匆匆先上路，一路回顧，他看不到親人，

心裡非常牽掛所以這裡的「家何在」，沒有親人哪有家，畫了一些人表示他的牽掛，也是他流淚的原因。因為這次被貶南遷，韓愈 12 歲的**女兒病死**在了路上，回頭再看這句話，更覺得無限悲涼。

第四部分：合 —— 尾聯照應詩題。語氣悲壯，在「汝」字上畫了一個「知了」，表示「知道」的意思。「來」用了曲曲折折的**波浪線**表示前來不易，激發想像。「意」字上是兩人攜手的意思。韓愈的姪孫韓湘趕來陪同韓愈一起，讓他深受感動，本是自己一個人的苦難，要由家人晚輩來分擔，更讓他心裡覺得悲壯，似乎他們都知道韓愈此去是凶多吉少，所以最後有「好收吾骨瘴江邊」的嘆息，悲憤難抑。

商山早行

〔作者〕溫庭筠　〔朝代〕唐朝

文題解讀

商山，在今陝西商洛東南。

經典原文	參考譯文
晨起動征鐸，客行悲故鄉。 雞聲茅店月，人跡板橋霜。 槲葉落山路，枳花明驛牆。 因思杜陵夢，鳧雁滿回塘。	清晨起來，車馬的鈴鐸已叮噹作響，遠行人踏上征途，還一心思念故鄉。雞聲嘹亮，茅草店沐浴著曉月的餘暉，足跡凌亂，板橋上覆蓋著清晨的寒霜。枯敗的槲葉落滿了荒山的野路，白色的枳花照亮了驛站的泥牆。因而想起昨夜夢見杜陵的美好情景，夢裡的野鴨、大雁擠滿邊沿曲折的池塘。

心智圖

繪者：劉逸婷

導圖解析

　　這幅圖的中心圖畫的是**商山**的景象，詩人**溫庭筠**在畫面中間，放大突出，呈現出要動身的模樣。右上角的一輪紅日表明這件事發生在早上。靠近詩人溫庭筠的一隻飛鳥為整幅導圖奠定了**孤寂**的基調。

　　整幅心智圖分為四個部分：**首聯、頷聯、頸聯、尾聯**。詩人由商山早行之景，聯想到了自己的家鄉。開頭幾句描寫商山早行的所見，尾聯描寫自己對家鄉的思念。詳細分析如下：

　　第一部分：首聯，點明啟程的時間和心情。征鐸是車馬鈴鐺的意思，所以主幹用鈴鐺表示，增添趣味，便於回憶。而客行悲故鄉，畫的是嘴角下垂的人在思念家鄉，「悲」字定下了全詩的情感基調。「悲故鄉」點明題旨。

第二部分：頷聯，描寫早行的所見之景。雞鳴嘹亮，所以主幹用雞代替，分支線條用「雞發出的咯咯嗒聲」呈現。雞鳴、茅草屋、茅草屋上方的月、人的足跡、板橋、板橋上的寒霜無不勾起詩人對家鄉的思念。這部分內容歷來膾炙人口。純用名片語成的詩句，藉助極具典型特徵的景物，寫早行情景宛然在目，是「意象具足」的佳句。詩人將一連串的名詞意象巧妙串聯起來，一幅淒清有致的**霜晨圖**躍然紙上。

第三部分：頸聯，寫的是剛上路的景色。槲葉飄落在山路上。花明亮了整面高牆，一個「明」字，暗合題目中的「早行」，枳花是一種白色的小花，所以主幹用**白花**代替。「槲葉」凋零，「枳花」盛開，點明「早行」的節令是在**早春**，頗有春寒料峭之感。

第四部分：尾聯。這部分緊承上聯，詩人想到了昨天夢到**杜陵**的美好場景，鴨子和大雁擠滿了池塘。主幹用池塘表示。「杜陵夢」用太陽藏進一朵名叫杜陵的雲表示，補出了夜間在茅店裡思家的心情，與「客行悲故鄉」首尾照應，表現了詩人對故鄉的思念以及**野外遊子**的孤寂之情。

這幅心智圖的大綱主幹頗具特色，運用的是影像式主幹，影像的內容分別選取的是各聯中最具代表性的關鍵圖，這樣更便於快速記憶全詩。

咸陽城東樓

〔作者〕許渾　〔朝代〕唐朝

文題解讀

咸陽，秦代都城，在今陝西咸陽東北。

經典原文	參考譯文
一上高城萬里愁，蒹葭楊柳似汀洲。 溪雲初起日沉閣，山雨欲來風滿樓。 鳥下綠蕪秦苑夕，蟬鳴黃葉漢宮秋。 行人莫問當年事，故國東來渭水流。	登上高高的城樓，引我萬里鄉愁。蘆葦楊柳叢生，好似家鄉汀洲。烏雲剛剛浮起在溪水邊上，夕陽已經沉落在樓閣後面。山雨即將來臨，滿樓風聲颯颯。夕照下，飛鳥下落至長著綠草的秦苑中，秋蟬也在掛著黃葉的漢宮中鳴叫著。來往的過客不要問從前的事，只有渭水一如既往地向東流。

心智圖

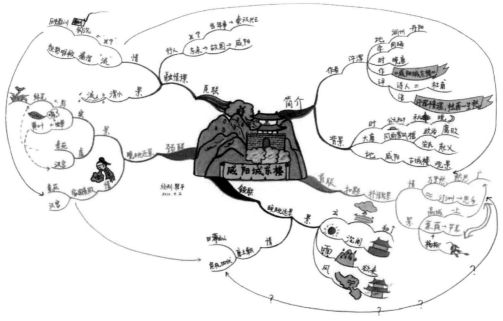

繪者：瞿平

導圖解析

　　西元 849 年一個秋天的傍晚，**許渾**登上咸陽古城樓觀賞風景，即興寫下了此詩。此時大唐王朝已經處於風雨飄搖之際。根據標題和詩中的景物描寫，中心圖繪製了一座古城**樓**矗立在風雨中和詩人站在樓上作詩的畫面，來展現中心主題；山雨、風、雲的**怒氣**的表情都暗示了當時大唐的局勢危機四伏。這樣一幅中心圖就能讓我們嗅到詩人的萬里愁。

　　這幅心智圖是從**記憶**和**賞析**兩個維度展開的，整幅圖分為五個部分。

　　第一部分：簡介。是關於此詩的簡介，包括**作者**和**寫作背景**兩個維度。

　　第二部分：首聯。首聯扣題，抒情寫景，分為情和景兩個維度。「一上高城萬里愁，蒹葭楊柳似汀洲」中，萬里愁和似汀洲是寫情，汀洲指代詩人在江南的故鄉；高城、蒹葭、楊柳是寫景。詩人一登上咸陽高高的城樓，向南望去，遠處煙籠蒹葭，霧罩楊柳，很像長江中的汀洲。詩人遊宦長安，遠離家鄉，登上城樓，思鄉之情湧上心頭。蒹葭楊柳，居然略類江南。萬里之愁，正以鄉思為始：「一上」表明觸發詩人**情感時間**之短瞬，「萬里」則極言愁思**空間**之迢遙廣大，一個「愁」字，奠定了全詩的基調。

　　第三部分：頷聯。頷聯寫晚眺遠景，也分為景和情兩個維度，景物描寫包括雲、日、雨、風，是對唐王朝日薄西山，危機四伏的**沒落局勢**的形象化勾畫，它淋漓盡致而又形象入神地點出了詩人「萬里愁」的真實原因。

　　第四部分：頸聯。寫晚眺近景，虛實結合。山雨將到，鳥雀倉皇逃入遍地綠蕪、秋蟬悲鳴躲在黃葉高林，這些是詩人眼前的**實景**。但早已蕩然無存的「秦苑」、「漢宮」是**虛景**，以實景**疊**合虛景，弔古之情油然而生，作者之情便是對家國衰敗的的感慨。

　　第五部分：尾聯。尾聯作結，融情於景。

1. 「行人」。泛指古往今來征人遊子，也包括作者在內；「故國」指秦漢故都咸陽；「東來」指詩人（不是渭水）自東邊而來。所以行人後兩個維度，一是「莫問」，莫問什麼呢？莫問當年事，第二是「東來」，來到哪裡呢？來到了故國。

2. 「情」。「莫問」二字，並非勸誡之辭，實乃令人思索之語，它讓讀者從悲涼頹敗的自然景物中鉤沉歷史的教訓；一個「流」字，則暗示出頹勢難救的痛惜之情。

3. 「景」。詞人回到故鄉，什麼都變了，只有**渭水還像昔日一樣長流不止**。

〔作者〕李商隱　〔朝代〕唐朝

文題解讀

　　有些詩人不願寫出能夠表示主題的題目，常用「無題」作詩的標題。

經典原文	參考譯文
相見時難別亦難，東風無力百花殘。	見面的機會真是難得，分別時也難捨難分，況且又兼東風將收的暮春天氣，百花殘謝，更加使人傷感。
春蠶到死絲方盡，蠟炬成灰淚始乾。	春蠶結繭到死時絲才吐完，蠟燭要燃完成灰時像淚一樣的蠟油才能滴乾。
曉鏡但愁雲鬢改，夜吟應覺月光寒。	清晨對鏡梳妝，唯恐如雲雙鬢改色，青春的容顏消失；夜晚對月自吟，應該會覺得月亮太過清冷。
蓬山此去無多路，青鳥殷勤為探看。	對方的住處就在不遠的蓬山，卻無路可通，希望有青鳥一樣的使者殷勤地為我去探看，來往傳遞消息。

心智圖

繪者：趙麗君

導圖解析

這是唐朝詩人李商隱以**男女離別**為題材創作的**愛情詩**。

在唐朝，人們崇尚道教，信奉道術。李商隱在十五、六歲的時候，即被家人送往玉陽山學道。其間與玉陽山靈都觀女氏宋華陽相識相戀，但兩人的感情卻不能為外人明知，而作者的內心又奔湧著無法抑制的愛情狂瀾，因此他只能以詩寄情，並隱其題，從而使詩顯得既朦朧婉曲、又深情無限。因這首詩從頭至尾都熔鑄著痛苦、失望而又纏綿、執著的感情，故中心圖盡可能刻劃出此深情。

主幹部分依據律詩結構，可分為**首聯**、**頷聯**、**頸聯**和**尾聯**。在每一個主幹裡都加入了影像，便於幫助大家理解首聯、頷聯、頸聯和尾聯的意思。

第一部分：首聯。首聯是極度相思而發出的深沉感嘆，在聚散兩依依中突出別離的**苦痛**。「東風無力百花殘」一句，既寫自然環境，也是抒情者心境

的反映，物我交融，心靈與自然取得了精微的契合。在結構上，首聯分為人和景，人指的就是相戀的兩個人，「相見時」運用影像字，「亦」運用影像字。景包含**東風**和**百花**，「東風無力」，「百花殘」均用影像解釋。

第二部分：頷聯。頷聯接著寫因為「相見時難」而「別亦難」的感情，表現得更為曲折入微。詩人以象徵的手法寫出自己的**痴情苦意**以及九死而不悔的愛情追求。「春蠶到死絲方盡」中的「絲」字與「思」諧音，全句是說，自己對於對方的**思念**，如同春蠶吐絲，到死方休。「蠟炬成灰淚始乾」是比喻自己為不能相聚而痛苦，無盡無休，彷彿蠟淚直到蠟燭燒成了灰方始流盡一樣。圖中「春蠶」、「絲」均用影像字，到死和絲方盡，表示直到生命盡頭，思念才停止，兩件事用並列關係來表示。「蠟炬」、「灰」、「淚」均用影像字，而成灰和淚始乾，表示蠟燭全部燃燒完，才停止流淚，兩件事也用**並列關係**來表示，展現愛之深思之切，內心痛苦無絕期。

第三部分：頸聯。頸聯從詩人體貼關切的角度推測想像出對方的相思之苦。上句是寫出了年輕女子「曉妝對鏡，撫鬢自傷」的形象，從中暗示出女方的思念和憂愁。「雲鬢改」是說自己因為痛苦的折磨，夜晚輾轉不能成眠，以至於**鬢髮脫落**，容顏憔悴。下句「應覺月光寒」是借生理上冷的感覺反映心理上的淒涼之感。「應」字是揣度、料想的口氣，表明這一切都是自己對於對方的想像。

想像如此生動，展現了她對於情人的思念之切和了解之深。直接寫出年輕女子寒夜相思的悲涼情境，深夜沉吟，孤寂無伴，會感覺月光的刺骨清寒。細膩地描寫對方的愁苦，可見詩人對女方的**體貼入微**，也就更加表現出詩人感情的深摯。這幅導圖盡可能**以圖應情**，展現深意。「曉」、「鏡」均用影像字表示。雲鬢指年輕女子的髮髻，所以畫了一條辮子，「改」從辮子上蜿蜒折線引出。「夜」、「月光」用影像字，直觀明瞭。

187

第四部分：尾聯。尾聯想像愈具體，思念愈深切，便愈會燃起會面的渴望。既然會面無望，於是只好請使者為自己殷勤致意，替自己去看望他。青鳥是一位女性仙人西王母的使者，蓬山是神話、傳說中的一座仙山，所以這裡即以蓬山作為對方居處的象徵，而以青鳥作為抒情主角的使者出現。這個寄希望於使者的結尾，並沒有改變「相見時難」的痛苦境遇，不過是無望中的希望，前途依舊渺茫。「蓬山」直接畫了一座山，支幹運用一條山路的影像，而通往蓬山的路是斷了的，表現「蓬山此去無多路」，無多路就是沒有路。「青鳥」用影像表示，「青鳥殷勤來探看」。

行香子

〔作者〕秦觀　〔朝代〕宋朝

文題解讀

行香子，詞牌名。

經典原文	參考譯文
樹繞村莊，水滿陂塘。倚東風，豪興徜徉。小園幾許，收盡春光。有桃花紅，李花白，菜花黃。 遠遠圍牆，隱隱茅堂。颺青旗，流水橋旁。偶然乘興，步過東岡。正鶯兒啼，燕兒舞，蝶兒忙。	綠樹繞著村莊，春水溢滿池塘。沐浴著東風，帶著豪興我信步閒遊。小園很小，卻收盡春光。桃花正紅，李花雪白，菜花金黃。遠遠一帶圍牆，隱約有幾間茅草屋。青色的旗幟飄揚在溪水旁的小橋邊。偶然乘著遊興，走過東面的山岡。鶯兒鳴啼，燕兒飛舞，蝶兒匆忙，一派大好春光。

心智圖

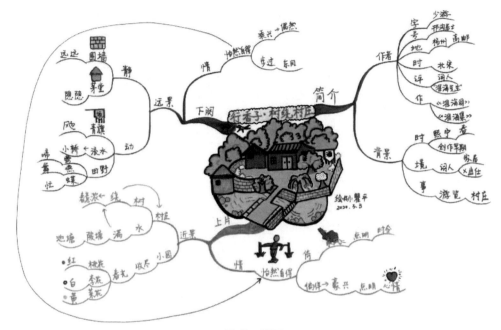

繪者：瞿平

導圖解析

　　這首詞描繪春天的田園風光，**寫景抒情**。詞的上闋表現的是一處靜態風景，主要描寫小園和各種色彩繽紛的春花；上闋則描寫農家鄉院以及鶯歌燕舞、蝶兒翻飛的迷人春色。色彩鮮明，形象生動。全詞以**白描**的手法、淺近的語言，勾勒出了一幅春光明媚、萬物競發的田園風光圖。於是中心圖裡包含了青旗、村莊、小園、牆、池塘、桃花、彩花、流水、小橋、茅堂、蝶、燕等表現田園風光的元素，讓讀者一看到中心圖，就能欣賞到詞裡所描繪的田園風光。

　　整幅導圖圍繞這幅中心圖發散了三個維度，即三部分。

　　第一部分：簡介。具體是對這首詞的簡介，分為作者和背景兩個維度。

第二部分：上闋。借景抒情，分為近景和情兩個維度。上闋從近景開始描寫，從整個村莊起筆，一筆勾勒其輪廓，平凡而優美。「樹繞村莊，水滿陂塘。」這首詞開頭兩句是說，綠樹繞著村莊，春水溢滿池塘。上闋中的景還有對小園的描寫，主要寫到桃花、李花、菜花。「倚東風，豪興徜徉。」，「東風」點明時令，「豪興」說明遊興正濃，點明心情，徜徉則顯示詞人只是信步閒遊，並沒有固定的目標和路線。這一切，都在下面的具體描寫中得到展現。這兩句寫出詞人**怡然自得**的神態。

第三部分：下闋。移步換景色，分為遠景和情兩個維度。遠景裡包括靜景和動景，靜景裡寫到了圍牆、茅堂；動景裡寫到了青旗、流水、鶯啼、燕舞、蝶忙。而在這個動靜相生的景色中詞人「偶然乘興，步過東岡」，照應上文的「豪興徜徉」，進一步寫詞人怡然自得的情狀。

醜奴兒・書博山道中壁

〔作者〕辛棄疾 〔朝代〕南宋

文題解讀

醜奴兒，詞牌名，又名「採桑子」。博山，在今江西廣豐西南。

經典原文	參考譯文
少年不識愁滋味，愛上層樓。愛上層樓，為賦新詞強說愁。而今識盡愁滋味，欲說還休。欲說還休，卻道天涼好個秋！	人年輕的時候不知道什麼是愁苦的滋味，喜歡登上高樓。喜歡登上高樓，為寫一首新詞沒有愁苦而極力要說愁。現在嘗盡了憂愁的滋味，想說卻最終沒有說。想說最終沒有說，卻說：「好一個涼爽的秋天啊！」

心智圖

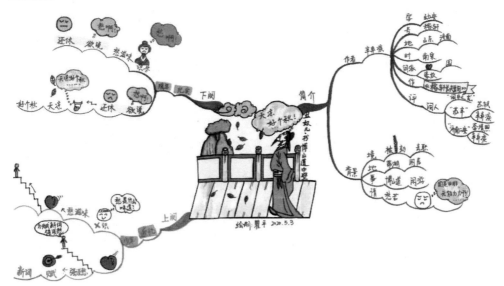

繪者：瞿平

導圖解析

　　此詞是辛棄疾被彈劾去職、閒居帶湖時所作。辛棄疾住帶湖居住期間，他無心賞玩。眼看國是日非，自己無能為力，一腔愁緒無法排遣，遂在博山道中一壁上題了這首詞。根據詞裡寫到的「愛上層樓」和「天涼好個秋」，中心圖展現的是，在枯黃的**落葉飄零**的秋天裡，詞人站在古城樓上**賦詩詞**的情景，也暗示了詞人當時的心情──「識盡愁滋味」。

　　這是一篇助記的心智圖，共分為三個部分。

　　第一部分：簡介。是對這首詞的作者和寫作背景的介紹。

　　第二部分：上闋。上闋描繪出少年涉世未深，卻**故作深沉**的情態。追憶少年時的自己不識愁滋味，所以愛上層樓，即喜歡登上高樓，喜歡用的是紅心來代替，登高樓轉化成爬樓梯的簡筆畫。這是第一個維度。後一個「愛上

層樓」，又與下面「為賦新詞強說愁」結成因果關係，即因為愛上高樓而觸發詩興，在當時「不識愁滋味」的情況下，為了作詩也要勉強說些「愁悶」之類的話。

第三部分：下闋。下闋寫出滿懷愁苦卻無處傾訴的憂鬱。現在成年的自己識盡了愁滋味，想說又不能說；兩句「欲說還休」包含有兩層不同的意思。前句緊承上句的「盡」字而來，人們在實際生活中，喜怒哀樂等各種情感往往相反相成，極度的高興轉而潛生悲涼，深沉的憂愁反作自我調侃。

作者過去**無愁**而硬要說愁，如今雖**愁到極點**而無話可說。這是第一個維度；後一個「欲說還休」則是緊連下文，因為作者胸中的憂愁不是個人的**離愁別緒**，而是憂國**傷時之愁**。而在當時投降派把持朝政的情況下，抒發這種憂愁是犯大忌的，因此作者在此不便直說，只得**轉**而言天氣，「天涼好個秋」，這是第二個維度。以這句結尾，表面形似輕脫，實則十分含蓄，充分表達了作者之「愁」的深沉博大。

九年級
下冊

十五從軍征

〔朝代〕漢朝

文題解讀

詩題是後人所加。「十五」點明從軍時間之早，暗示封建兵役制度帶給百姓的苦難，有點明主題的作用。

經典原文	參考譯文
十五從軍征，八十始得歸。 道逢鄉里人：「家中有阿誰？」 「遙看是君家，松柏塚累累。」 兔從狗竇入，雉從梁上飛。 中庭生旅穀，井上生旅葵。 舂穀持作飯，採葵持作羹。 羹飯一時熟，不知飴阿誰。 出門東向看，淚落沾我衣。	十五歲就應徵去參軍，到了八十歲才回家。路上遇到一個鄉里的人，我問他：「我家裡還有什麼人？」「遠遠看去那邊是你家，如今已是長滿松柏，裡面有許多墳墓。」走到家門前看見野兔從狗洞裡進出，野雞在房梁上飛來飛去。院子裡長著野生的穀子，井臺上長著野生的葵菜，用杵臼搗去穀物的皮殼拿來做飯，摘下葵葉拿來煮湯做菜羹。菜羹和飯一會兒都做熟了，卻不知道送給誰吃。走出大門向著東方張望，老淚縱橫灑在我的衣服上。

心智圖

繪者：陳虹宇

導圖解析

　　這張導圖的中心圖是一個**老翁**在破舊的房屋前，看著雜草叢生的後院和廢棄多年的水井。我把這首詩分為四個部分：**軍旅、歸途、家中**和**心境**。

　　第一個部分是**軍旅**生涯。大綱主幹畫了三面旗幟，上面寫了天、地、人，因為在古代的戰爭中，最講究的就是**天時、地利、人和**。「八十」與「十五」是並列關係，相對照。突出其「從軍」時間之久；「得歸」和「從軍」相呼應，表明他中途一直未能回家。「八十」是虛寫，寫出從軍時間之長，兵役之繁重。

　　第二個部分是歸家途中。這裡「途中」兩個字進行了藝術化處理。「途」那一點是一個**指南針**，「中」字則是池塘上的木橋。每一個歸家的遊子內心應

該都是像陶淵明在〈歸去來兮辭〉中所寫的那樣：「舟遙遙以輕颺，風飄飄而吹衣。問征夫以前路，恨晨光之熹微。」可是這位老翁，當他在路上問起家人的近況時，得到的答覆卻是松柏旁的一片**墓地**，以**哀景**寫**哀情**，與下文相呼應。

　　第三個部分是回到家中，這四幅圖分別代表的是一隻**兔子**從牆角的洞進出；**雞**則在梁上飛；中庭長出**旅穀**，老翁用來做飯；井上長出葵菜，老翁用來做羹。「兔」和「雉」均是動物，一從「狗竇」入，一在「梁上飛」；「旅穀」「旅葵」均系是經播種而自生自長的植物，一在「中庭」，一在「井上」。這些處於不同方位的動植物構成了一幅**悲涼圖畫**。這幾句仍然是以哀景寫哀情，以悲涼的景象烘托老翁心中的悲哀。

　　第四部分是老翁的心境。他出門向東看，眼淚落在他的衣服上。描寫老翁出門張望與老淚縱橫這一細節，將舉目無親、孤身一人的**老翁形象**刻劃得栩栩如生，將其悲慟欲絕的茫然之情抒發得淋漓盡致。這張導圖的結構和布局是完全按照原文的**邏輯順序**來繪製的，便於理解與記憶。

白雪歌送武判官歸京

〔作者〕岑參　〔朝代〕唐朝

文題解讀

「白雪歌」與「送武判官歸京」將內容分為兩部分，即「詠雪」（前十句）和「送別」（後八句）。「雪」是詩人抒情寫景的出發點。

經典原文	參考譯文
北風捲地白草折，胡天八月即飛雪。忽如一夜春風來，千樹萬樹梨花開。散入珠簾溼羅幕，狐裘不暖錦衾薄。將軍角弓不得控，都護鐵衣冷難著。瀚海闌干百丈冰，愁雲慘淡萬里凝。中軍置酒飲歸客，胡琴琵琶與羌笛。紛紛暮雪下轅門，風掣紅旗凍不翻。輪臺東門送君去，去時雪滿天山路。山迴路轉不見君，雪上空留馬行處。	北風捲席大地吹折白草，塞北的天空八月就飄飛大雪，忽然好像一夜間春風吹來，成千上萬樹的梨花盛開。雪花飄入珠簾沾溼帳幕，狐皮大衣不暖和，錦被都顯得單薄了。將軍的獸角弓凍得拉不開，都護的鎧甲冰冷得難穿上，沙漠縱橫交錯結成百丈堅冰，陰雲黯淡，萬里凝滯。在主將的營帳中擺酒宴請回京的人，演奏起胡琴、琵琶，吹起了羌笛。黃昏時紛紛揚揚的大雪飄落在軍營轅門，北風吹扯，紅旗卻凍凝不動。在輪臺東門外送你離去，臨行時大雪鋪滿天山的道路。山勢迴環，道路曲折，不見你的身影，雪地上空留下馬走過的印跡。

心智圖

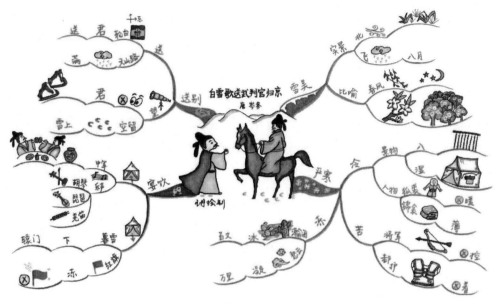

繪者：王丹

導圖解析

　　全詩以雪為線，思路清晰，兼及**詠雪**與**送別**兩個方面，前十句重在詠雪，後八句重在送別，但全詩自始至終沒有脫離詠雪，詩人分別在**送別之前、餞別之時、送別之時、送別之後**都提到了雪。一切都圍繞著雪，條理清晰。

　　我在畫中心圖時，把作者塞外雪天**送武判官**的場景描繪了出來，穿藍色衣服的是作者，他作揖送別騎著馬的友人。

　　此詩篇全文共九句話，全文意在描繪送別場景，且更以雪天嚴寒的描寫而出名，根據這些內容我把全詩分為四個部分來繪製導圖。

　　第一部分：雪美。一、二句詩詞描繪雪景之美，尤以「忽如一夜春風來，千樹萬樹梨花開」家喻戶曉，比喻的方式使詩詞畫面感十足，因此在導

圖上，**春風**、**梨花和樹**全部以小圖的形式進行表述。以春花喻冬雪，那一片雪後銀白的世界，在作者眼裡，幻化為一片明麗的春光。

第二部分：嚴寒。是詩詞的三、四、五句，都在描寫嚴寒冷酷的環境，提煉出三個表示惡劣環境的「冷」、「苦」、「凍」輔助記憶。先用散入一詞把視線從戶外轉移到軍中將領們的住所上來，接著寫出一系列表現雪天奇寒情形的細節。「狐裘不暖」、「錦衾薄」、「角弓不得控」、「鐵衣冷難著」，從側面描繪出邊塞的寒冷。同時也寫出了邊塞將士生活的**艱苦**。「瀚海闌干百丈冰，愁雲慘淡萬里凝」這句由詠雪過渡到送別，起**承上啟下**的作用。瀚海指的是沙漠，所以畫了沙漠中的**仙人掌**，加深印象。這裡由帳內又寫到帳外，展示了冰天雪地、陰雲重重的景象，為**餞別**醞釀了氣氛。

第三部分：宴飲。詩詞的六七句，一句描寫帳內設宴送別，一句描寫帳外景物，利用地點的變化來理解。

第四部分：送別。是詩詞的最後兩句，是真正的送別之景，一「送」一「望」也展示了兩人的深厚情誼。「不見（一個叉號和眼睛）」隱現詩人久久佇立、極目遠送的情態，「空留」包含了作者**惜別悵惘**的感情。

過零丁洋

〔作者〕文天祥　〔朝代〕南宋

文題解讀

「過」是路過、經過的意思。零丁洋即「伶仃洋」，在今廣東珠江口外。詩人被元軍所俘虜，曾路過此地，寫下此詩。

經典原文	參考譯文
辛苦遭逢起一經， 干戈寥落四周星。 山河破碎風飄絮， 身世浮沉雨打萍。 惶恐灘頭說惶恐， 零丁洋裡嘆零丁。 人生自古誰無死， 留取丹心照汗青。	回想我早年歷盡辛苦，遇到朝廷選拔，由科舉入仕，如今抗元戰事漸歇已熬過了四個年頭。大宋國勢危亡如風中飄絮，我自己身世坎坷，如雨中浮萍，漂泊無根，時起時沉。當年兵敗，經惶恐灘撤離時對艱難的時局憂懼不安，如今被俘，路過零丁洋，不禁感嘆自己孤苦無依。自古以來，人生在世誰能躲避一死？我要為朝廷捐軀，留下一顆忠心永垂史冊。

心智圖

繪者：許家瑜

導圖解析

　　這幅圖的中心圖以一幅展開的過零丁洋的手卷為背景，文天祥悲憤之情溢於言表。全詩分為四個部分來繪製，詳細如下：

　　第一部分首聯回顧經歷，艱苦的生活從讀書做官開始，「起一經」，一部經書引起，他參加科舉考試因通曉經義被欽點為**狀元**，從此步入仕途，不斷地遭逢艱難險阻。用兩隻「戈」來表示兵力微薄，四周星本意是四年，這裡用了諧音，便於記憶他用微薄的兵力與元軍苦戰了四年。

　　第二部分頷聯寫家國命運，在山上畫了裂縫表示「山河破碎」，柳絮在風中飛，寫出了不可挽回的敗局。寫著身世的一張紙代表個人，一個小球沉在水底，一個小球浮在水面，藉以表達他一生浮沉。「雨打萍」就是他**政治生涯**的寫照。

　　第三部分頸聯抒發心情，畫個沙灘，立個牌子「惶恐」來表示這是個地名，用**嘴巴**和**聲音**表示「說」。第二個「惶恐」是驚恐、害怕，畫了一個官員害怕的圖畫表示。第一個「零丁」是地名零丁洋，因而畫一片大海，寫了零丁二字。第二個「零丁」是孤苦伶仃的意思，畫的是一個人孤獨無助的樣子。

　　第四部分尾聯以死明志，畫了兩個人從小到老的過程以表達「人生」，把死字用**紅筆圈住**，畫一條線表示「無死」。借一顆**紅色**的心表示「丹心」，表示赤誠的心。「照汗青」的「照」用一**束光**表示，「汗青」指史冊，用一本**線裝書**表示。這首詩把個人經歷與國家命運緊密相連，慷慨悲壯，正氣凜然。

漁家傲・秋思

〔作者〕范仲淹　〔朝代〕北宋

文題解讀

　　漁家傲，詞牌名。秋思，題目。「秋」點明季節，「思」指憂思之情。「秋思」的意思是將士在邊塞肅殺的秋季思鄉憂國。

經典原文	參考譯文
塞下秋來風景異，衡陽雁去無留意。 四面邊聲連角起，千嶂裡，長煙落日孤城閉。 濁酒一杯家萬里，燕然未勒歸無計。 羌管悠悠霜滿地，人不寐，將軍白髮征夫淚。	邊塞的秋天到了，它的景物和中原的不一樣，大雁向衡陽飛去，沒有留戀之意。邊塞特有的大風、羌笛、馬嘶的聲音隨著軍營的號角聲紛紛響起，崇山峻嶺之間，煙霧瀰漫，落日朦朧，一座孤城緊緊關閉。 端起一杯濁酒，想起萬里之遙的故鄉，但邊患未平，功業未成，不知何時返回故里。羌管聲多麼悠揚，月光映照，繁霜滿地，遠征的人們難以入睡，將軍白了頭髮，征人流下熱淚。

心智圖

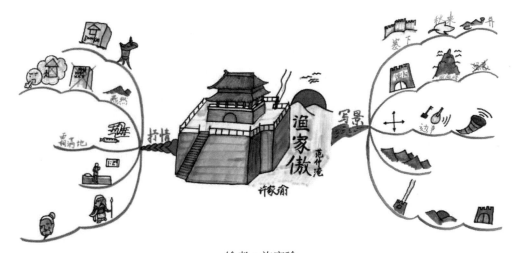

繪者：許家瑜

導圖解析

　　這幅圖的中心圖是西北邊境的一座城池，落日、狼煙和緊閉的**城門**渲染了蒼涼悲壯的氛圍。這首詞上闋寫景，描繪了邊地悲涼奇異的景色。

　　首句「塞下秋來風景異」，「塞下」用灰色的城牆表示，「秋來」則用一片黃色的樹葉表示。山水指代「風景」。「衡陽雁去無留意」，是指大雁飛往衡陽的回雁峰，一點留戀之意也沒有。東南西北的箭頭代表「四面」，胡地的樂器畫出了「邊聲」，再加上一隻號角發出的聲音畫出了「四面邊聲連角起」的北疆聲響。「千嶂裡」用連綿起伏的峰巒表示。用烽火臺上升起的狼煙、落日、城門緊閉表示「長煙落日孤城閉」，隱隱地透出當時軍事態勢的嚴重。

　　下闋抒情，一隻酒杯表示「濁酒一杯」，五千公里的界碑寓意「家萬里」。「燕然未勒歸無計」，「燕山」指的是前線，「勒」指的是「刻石記功」，畫紅 × 在寫著功績的石碑上表示「未勒」。「歸無計」是士兵無法回家而嘆氣。一隻羌笛上畫有音符表示「羌管悠悠」，一個人半夜還在地上徘徊表示「人不寐」。頭髮斑白的將軍和流淚的年老士兵表示「將軍白髮征夫淚」。從這首詩中我們能感受到將士們的愛國情懷，以及他們思鄉的苦悶和壯志難酬的複雜心情。

江城子・密州出獵

〔作者〕蘇軾　〔朝代〕北宋

文題解讀

　　江城子，詞牌名。密州，今山東諸城。出獵，外出打獵。題目交代了詞作的主要內容及寫作緣起。

經典原文	參考譯文
老夫聊發少年狂，左牽黃，右擎蒼，錦帽貂裘，千騎卷平岡。 為報傾城隨太守，親射虎，看孫郎。 酒酣胸膽尚開張。鬢微霜，又何妨！ 持節雲中，何日遣馮唐？會挽雕弓如滿月，西北望，射天狼。	老夫我暫且抒發一下少年的張狂，左手牽著黃犬，右臂舉著蒼鷹。戴上錦帽，穿上貂皮裘，率領很多騎馬的隨從席捲平坦的山岡。為了報答傾城百姓相隨，看我親自射殺猛虎猶如昔日的孫郎。 我雖沉醉但胸襟還很開闊，膽氣還很豪壯。鬢角稍白，這又有什麼關係呢！朝廷什麼時候派遣馮唐到雲中來赦免魏尚呢？我終將使盡力氣拉滿雕弓，朝著西北眺望，奮勇射殺敵人。

心智圖

繪者：許家瑜

導圖解析

這幅導圖的中心圖是蘇軾騎著駿馬意氣風發出獵時的形象，他的左手牽著一隻黃色的獵犬，右臂架著捕獵的蒼鷹。

這首詞上闋主要寫「出獵」場面，大綱主幹用一**張弓**來表示，首句「老夫聊發少年狂」說的是「我年紀不輕，但還想顯示少年人的豪情」，畫了一位「老人」，一位「少年」，以突顯「老夫」不老，偏要發「少年」的狂勁。「左牽黃，右擎蒼」中「黃」是一隻黃色的狗，「蒼」是一隻蒼鷹。「右擎蒼」用一隻蒼鷹落在**肩膀**上來表達。「錦帽貂裘」，畫了一頂帽子，是蘇軾常戴帽子的樣子。還畫了一件裘皮大衣。「千騎卷平岡」一人一馬為一騎，所以畫了**一個人騎馬**。在山坡上畫了灰色的**煙霧**，表示「卷平岡」即像三分鐘熱風捲過平原山岡。「為報」是為我通報的意思。「傾城」是全城人，這裡用「城牆」來代表。用頭戴宋朝官帽的官員來代表「太守」。用弓箭和老虎的頭表示「親射虎」，「孫郎」是孫權，用帝王頭像表示。

下闋向朝廷「請戰」，大綱主幹是**射出的箭**的藝術化。「酒酣胸膽尚開張」，用「酒壺」代表酒，「膽囊」代表膽。用商店開門營業的「開張」諧音記憶「開張」。用老人「兩鬢斑白」直觀展示「鬢微霜」。「持節雲中」畫了一個使臣拿著符節來到雲中。一個日曆，打了個問號來表示「何日」。「馮唐」的影像和去雲中的人物影像是同一個人。這兩句話是「何日遣馮唐持節雲中」的倒裝，因而是同一個人，這個人就是**馮唐**。馮唐來做什麼？赦免因小過錯被削職的良將**魏尚**，繼續擔任雲中郡守。詞人以魏尚自比，希望有機會可以到**邊防禦敵**。

「會挽雕弓如滿月」，把雕花的良弓拉得像圓月一樣。「西北望」畫了一隻眼睛看向西北方向的箭頭。「天狼」是天狼星，指代外來侵略。一支箭射向天狼星，簡潔明瞭地畫出了這句詩的意思。這首詞把打獵習武和保家衛國連繫起來，展現了作者的**愛國情操**。

破陣子·為陳同甫賦壯詞以寄之

〔作者〕辛棄疾　〔朝代〕南宋

文題解讀

　　破陣子，詞牌名。陳同甫（西元 1143—1194 年），名亮，婺州永康（今屬浙江）人，南宋思想家、文學家，是辛棄疾的好朋友。賦，寫作。壯詞，雄壯的詞。從題目上看，這是一首寄給好友陳亮的抒發抗金壯志的詞。

經典原文	參考譯文
醉裡挑燈看劍，夢迴吹角連營。八百里分麾下炙，五十弦翻塞外聲，沙場秋點兵。馬作的盧飛快，弓如霹靂弦驚。了卻君王天下事，贏得生前身後名。可憐白髮生！	醉酒之中，我挑亮油燈，端詳寶劍，夢中憶起連在一起的眾多軍營都吹響了號角。把酒食分給部下享用，各種樂器演奏著邊塞悲壯粗獷的軍樂，秋高氣爽，戰場上正在檢閱軍隊。戰馬像的盧馬那樣跑得飛快，利箭射出，弓弦像震雷一樣驚響。本想完成君王收復北方失地的宏圖大業，贏得生前死後的美名聲。可惜現在滿頭白髮！

心智圖

繪者：許家瑜

導圖解析

　　這幅導圖的中心圖是一位忠勇的將軍挑亮燈光，抽出劍來細看的情形。詞的上闋寫的是「軍旅生活」，大綱主幹塗上了**迷彩綠**突出主題特點。用**酒壺**和**頭暈**的影像來表示喝醉，油燈和寶劍表示「醉裡挑燈看劍」。用**雲朵**和 Z 表示夢，幾個帳篷表示「連營」。「八百里」是一頭牛的名稱，「分」指的是分肉，「麾下」指的是部下，「炙」原意是烤肉，分烤肉給部下。「五十弦」是一種胡地的樂器。「翻」是彈奏的意思。「塞外聲」用邊塞和樂曲表示。「沙場」是點兵場，「秋」用黃色的樹葉表示。「點兵」就是主將站在臺上檢閱準備出征。

　　下闋寫戰鬥場面。「的盧」是**名馬**，馬長了翅膀來表示「飛快」，「馬作的盧飛快」就是戰馬像的盧一樣飛奔。「霹靂」用閃電來表示，「弓如霹靂弦驚」意思是放箭的弓弦如雷鳴使人心驚。「君王」用皇帝的王冠來代表，「天下事」用**地圖**表示。這裡是說完成君王統一國家的大業。一個小人拿著旗子表示「贏得」，南宋獎牌表示「生前」名，南宋史冊周圍的光芒表示彪炳史冊即「身後」名。「可憐白髮生」用一個兩鬢斑白的老人表示。最後這一句是沉痛的慨嘆，抒發了壯志難酬的悲憤。

南鄉子・登京口北固亭有懷

〔作者〕辛棄疾　〔朝代〕南宋

文題解讀

　　「南鄉子」是詞牌名。京口在今江蘇鎮江，曾是三國時吳國的都城。北固亭在鎮江東北的北固山上，下臨長江。「有懷」點明這首詞是懷古之作，實為借古喻今。

經典原文	參考譯文
何處望神州？滿眼風光北固樓。 千古興亡多少事？悠悠。 不盡長江滾滾流。 年少萬兜鍪，坐斷東南戰未休。 天下英雄誰敵手？曹劉。 生子當如孫仲謀。	什麼地方可以看見中原呢？在北固樓上，滿眼都是美好的風光。從古到今，有多少國家興亡大事呢？往事悠悠。只有沒有盡頭的長江水滾滾地奔流。當年孫權年輕時就統帥千軍萬馬，他占據東南，與敵人不停地征戰。天下英雄誰是孫權的對手呢？只有曹操和劉備而已。難怪曹操說生個兒子應當像孫權那樣。

心智圖

繪者：董新秀

導圖解析

這是一幅從記憶角度來繪製的心智圖。中心圖主要畫的是**辛棄疾**在仰天思考，彷彿進入了夢境，覺得自己也會像仲謀一樣衝殺在戰場，展現他的報國之心。

因為這幅導圖的目的是**記憶**，所以將整首詞的結構分析出來，提煉一個最便於記憶的詞來做主幹關鍵詞。作者辛棄疾透過層層遞進的三**連問**，去昇華自己愛國情懷和報國無門的無奈，作者還將寄語點綴在**文末**，更加讓我們體會到他在萬般無奈中更想突出的是對未來的希望和寄託。所以導圖中直接將一問、二問、三問、結語作為主幹關鍵詞。

第一、二部分均根據原文設問的內容進行劃分，一問一答。

第三部分的順序是先憶仲謀英雄事，後問天下誰才能與之成為敵手？再答，劉備和曹操。

第四部分最後一句是作者寄希望於未來，望後代子孫都如仲謀一樣英勇。

滿江紅・小住京華

〔作者〕秋瑾 〔朝代〕清朝

文題解讀

滿江紅，詞牌名。

經典原文	參考譯文
小住京華，早又是中秋佳節。為籬下黃花開遍，秋容如拭。四面歌殘終破楚，八年風味徒思浙。苦將儂，強派作蛾眉，殊未屑！ 身不得，男兒列，心卻比，男兒烈。算平生肝膽，因人常熱。俗子胸襟誰識我？英雄末路當磨折。莽紅塵何處覓知音？青衫溼！	到京不久，轉眼間就又到了中秋佳節。籬笆下面，菊花都已盛開，秋天的景色彷彿擦拭過一般明淨。四面的歌聲漸歇，我也終如漢之破楚，突破了家庭的牢籠，如今一個人思量著在浙江時那八年的生活況味。他們苦苦地想讓我做一個貴婦人，其實，我是多麼不屑啊！ 今生我雖不能身為男子，加入他們的行列，但是我的心，要比男子的心還要剛烈，想想平日我的一顆心，常為別人而熱。那些俗人，心胸狹窄，誰能懂得我呢？英雄在無路可走的時候，難免要經受磨難挫折。在這莽莽人世，哪裡才能覓到知音呢？眼淚打溼了我的衣襟。

心智圖

繪者：劉梅豔

導圖解析

這張導圖的中心圖選用了秋瑾的經典形象：手戴黑色皮手套，手握鋒利的刀刃。

我將這首詞分為三個部分：**憶、憂、嘆**，在影像語言的表達上分別加入了**情緒色彩**，讓大家更好地記憶這三部分的內容。

第一部分：憶。憶是回憶當年，主要分為**地點、時令、思鄉、心聲**。其中在思鄉的部分運用了借喻的手法。在回顧的部分，在八年的關鍵詞上面畫了一個紅「**囍**」，是表達秋瑾八年的**婚姻生活**。

第二部分：憂。憂是憂國憂民，主要分了三個方面，**心理矛盾、為人心態、心懷壯志**。其中「身不得，男兒列，心卻比，男兒烈」，用了合併同類項，把「男兒」提取出來，由男兒發散出兩個分支「列」和「烈」。

第三部分：嘆。秋瑾發出的感嘆，感嘆又分為兩個方面，一個是紅塵覓知音，一個青衫溼。「知音」這個關鍵詞用知了唱歌的影像代替。「青衫」和「溼」用了相同的顏色來表示淚水打溼了青衫。

山坡羊·潼關懷古

〔作者〕張養浩　〔朝代〕元朝

文題解讀

「山坡羊」是曲牌名。潼關是古關口名，在今陝西潼關東北，自古為軍事要地。「懷古」點明這首散曲是懷古之作。

經典原文	參考譯文
峰巒如聚，波濤如怒，山河表裡潼關路。望西都，意躊躇。 傷心秦漢經行處，宮闕萬間都做了土。興，百姓苦；亡，百姓苦。	山峰像是在這裡集聚，黃河的波濤像發怒似的洶湧。外面有黃河，裡面有華山，潼關地勢險要。遙望長安，心潮起伏。令人傷心的是途中所見的秦漢宮殿遺址，昔日的萬間宮殿都已化作了塵土。一朝興盛，百姓受苦；一朝滅亡，百姓依舊受苦。

心智圖

繪者：劉梅豔

導圖解析

　　這張導圖的中心圖畫了年事已高、愛民如子的詩人**張養浩**應召前往關中救災。

　　這首曲總共分為三個部分：**寫景**、**懷古**和**議論**。

　　第一部分：寫景。用了三個動詞：**聚、怒、路**，它們同屬於並列**關係**，其中，路是動詞，表示途經潼關。

　　第二部分：懷古。「望西都，意躊躇」，它們屬於依次**遞進**的關係，「望」用望遠鏡表達，「西都」指的是長安，也在影像中展現出來。「意」這個關鍵詞表示心潮澎湃，所以用藝術字表達，把意下面的「心」畫成了**心電圖**。在懷古部分，秦漢指的是秦漢遺址，畫了一個立碑表達。

　　第三部分：議論。分別從**興**和**亡**兩方面表達。「**興**，百姓苦，**亡**，百姓苦。」雖然後面都是關鍵詞「**百姓苦**」，但是表達的景象是不一樣的，所以我用了不同的影像語言來表達「百姓苦」。國家興盛，百姓苦，是因為國家大興土木，勞民傷財，所以第一個百姓苦，畫了一個老百姓肩膀挑著重重的石頭擔子，擔子上寫著「苦」。第二個百姓苦，畫了衣衫襤褸的**媽媽**抱著襁褓中哇哇大哭的**嬰兒**，身旁燃燒的車輪和倒了的旗幟表示國家在戰爭中滅亡，媽媽抱著孩子無家可歸，嘆氣「苦」。國家滅亡，百姓苦，是因為國家在戰爭中滅亡，百姓流離失所，無家可歸。

定風波・莫聽穿林打葉聲

〔作者〕蘇軾　〔朝代〕北宋

文題解讀

　　定風波，詞牌名。

經典原文	參考譯文
三月七日，沙湖道中遇雨，雨具先去，同行皆狼狽，余獨不覺。已而遂晴，故作此。莫聽穿林打葉聲，何妨吟嘯且徐行。竹杖芒鞋輕勝馬，誰怕？一蓑煙雨任平生。料峭春風吹酒醒，微冷，山頭斜照卻相迎。回首向來蕭瑟處，歸去，也無風雨也無晴。	三月七日，在沙湖道上趕上了下雨。有人帶雨具先走了，同行的人都覺得很狼狽，只有我不這麼覺得。過了一會兒天晴了，就作了這首詞。不要害怕樹林中風雨的聲音，不妨放開喉嚨高聲吟詠、從容而行。拄竹杖、穿草鞋輕便勝過騎馬，這都是小事情又有誰會害怕？披著蓑衣在風雨裡過一輩子也處之泰然。料峭的春風把我的酒意吹醒，身上略微感到一些寒冷，看山頭上斜陽露出笑臉，回首來程風雨瀟瀟的情景，歸去的時候不管它是風雨還是放晴。

心智圖

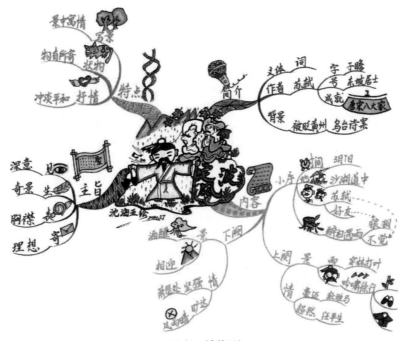

繪者：潘海亞

導圖解析

　　這首記事抒懷之詞作於西元 1082 年（宋神宗元豐五年）春，當時是蘇軾因「烏臺詩案」被貶為黃州（今湖北黃岡）團練副使的第三個春天。詞人與朋友春日出遊，風雨忽至，朋友深感狼狽，詞人卻毫不在乎，泰然處之，吟詠自若，緩步而行。中心圖中三人，前一人一手握竹杖，一手提布鞋，赤著腳開懷大笑；後兩人衣袖遮頭，狂奔不已，滿臉苦愁，形成鮮明的對比，突顯詞人**性情灑脫**、**超脫從容**的形象，深入人心。

　　這是一幅賞析導圖，分別從**簡介**、**內容**、**主旨**、**特點**四個方面展開。

　　第一部分：簡介。主幹上畫有一個鮮亮的「話筒」，實為繪製者對詞人雖遭「烏臺詩案」牽連貶於黃州，卻表現出雖處逆境、屢遭挫折而不畏懼、不頹喪的倔強性格和曠達胸懷的讚譽。

　　第二部分：內容。主幹以「卷軸」配圖，有洋洋灑灑，詳盡敘述之意。分別從文章結構「小序」、「上闋」、「下闋」三方面剖析。「小序」裡介紹了此作的**時間**、**地點**、**人物**和**緣由**。上闋和下闋又從「景」和「情」兩方面賞析。上闋主要寫冒雨漫步，抒寫徐行的心情。「穿林打葉」的雨驟風狂和「吟嘯徐行」的悠然愜意，傳達出詞人那種搏擊風雨、笑傲人生的輕鬆、喜悅和豪邁之情。下闋主要寫酒醒天晴，心境曠達，超然灑脫。一個「吹（風吹圖）」字，一個「迎」字，更是道出了詞人在大自然微妙的一瞬所獲得的頓悟和啟示：自然界的雨晴既屬尋常，毫無差別，社會人生中的政治風雲、榮辱得失又何足掛齒？

　　第三部分：主旨。主幹配有「聖旨」的簡筆畫，既有記憶之便，又有文章提綱挈領之意。它透過野外途中偶遇風雨這一生活中的小事，於簡樸中見**深意**，於尋常處生奇景，表現出詞人曠達超脫的胸襟，寄寓著超凡脫俗的人生理想。「風雨」二字**一語雙關**，既指野外途中所遇風雨，又暗指幾乎置他於

死地的政治「風雨」和人生險途。

第四部分：特點。主幹上用「**基因鏈**」配圖，突顯文章寫作手法的巧妙。全詞所述之事、所抒之情，均被詞人巧妙置於「風雨」這一環境之中來展開的。似在表達，政治上的大風大雨都挺過來了，這自然界中的小風小雨又算得了什麼？詞人內心少了一份迷惘、哀嘆，多了一份緩和、寧靜。「竹杖芒鞋」和「一蓑煙雨」，客觀上說明了詞人早已混跡平民之中，穿著行為與百姓無二；主觀上也向我們傳遞了這樣一個訊息 —— 我本願作一介百姓，我更愛這竹杖和芒鞋，它們比皂靴和寶馬更輕便、更好。一切景語皆情語，所寫之景，所狀之物，均為所發之情服務。同時詞人又是透過虛詞和動詞的巧用來完成的。

臨江仙・夜登小閣，憶洛中舊遊

〔作者〕陳與義　〔朝代〕宋朝

文題解讀

臨江仙，詞牌名。洛中，指洛陽。

經典原文	參考譯文
憶昔午橋橋上飲，坐中多是豪英。長溝流月去無聲。杏花疏影裡，吹笛到天明。 二十餘年如一夢，此身雖在堪驚。閒登小閣看新晴。古今多少事，漁唱起三更。	回憶當年在午橋暢飲，在座的都是英雄豪傑。月光映在河面，隨水悄悄流逝。在杏花的淡淡影子裡，吹起竹笛直到天明。 二十多年的歲月彷彿一場夢，我雖身在，回首往事卻總是膽顫心驚，百無聊賴中登上小閣樓觀看雨後初晴的景緻。古往今來多少歷史事蹟，都化作漁歌在夜半響起。

心智圖

繪者：邱月

導圖解析

　　此詞直抒胸臆，表情達意真切感人，透過上下兩闋的今昔**對比**，萌生對家國和人生的驚嘆與感慨，韻味深遠綿長。這首詞是作者晚年閒登小閣追憶洛中朋友和舊遊而作的。心智圖的中心圖也展現出了寫作地點 —— 小閣。

　　這是一幅以記憶為主而繪製的心智圖。總共分為三部分：**回憶、傷感、心境**。

　　第一部分：回憶。這部分以「憶」字領起，既照應題目，又引出對舊遊的回憶。大綱主幹後面分為三個內容分支，分別交代了**地點、人物和場景**。地點用導航定點圖示表示，人物是英雄豪傑，所以畫了許多人。長溝流月、杏花、吹笛都用影像來表示，組成了一幅富有空間感的恬靜畫面，將其充滿閒情雅興的生活情景真實地反映了出來。「杏花疏影裡，吹笛到天明」運用了

動靜結合的手法，借杏花疏影的靜景和伴著清韻悠遠的笛聲歡歌到天明的動景，表現了作者當年與朋友一起藉著酒興盡情嬉鬧的歡樂情形。

第二部分：傷感。作者曾遭謫貶，飽嘗了顛沛流離、國破家亡的痛苦，內容分支上「二十餘年」用「二十＋」表示，與此同時也呈現出了作者**穿官服**的樣子。憶起殘酷的往昔很自然會有一場噩夢的感觸。

第三部分：心境。「閒登小閣看新晴」這句點題，點明作詞的心境。「小閣」、「看」都用影像展現。「新晴」與「長溝流月」照應，巧妙地將回憶之事與當前的處境連繫起來，作者今昔不同的精神狀況從中得以再現。「古今多少事，漁唱起三更」中的「三更」是午夜十一點至一點，用一個月亮和指向十二點多的**鬧鐘**影像表示，把國家興亡和人生的感慨都託之於**漁唱**，進一步表達詞人內心寂寞悲涼的心情。

太常引·建康中秋夜為呂叔潛賦

〔作者〕辛棄疾 〔朝代〕南宋

文題解讀

太常引，詞牌名。建康，今江蘇南京。

經典原文	參考譯文
一輪秋影轉金波，飛鏡又重磨。把酒問姮娥：被白髮，欺人奈何？乘風好去，長空萬里，直下看山河。斫去桂婆娑，人道是，清光更多。	一輪緩緩移動的秋月灑下萬里金波，就像那剛磨亮的銅鏡又飛上了天。我舉起酒杯問那月中嫦娥：白髮日增，好像故意欺負我，怎麼辦呢？我要乘風飛上萬里長空，俯視國家的大好山河。要砍去月中婀娜婆娑的桂樹，人們說，這樣月亮會向人間灑下更多的清輝。

心智圖

繪者：伍錫娟

導圖解析

　　此詞透過神話傳說，強烈地表達了自己反對妥協投降，立志收復中原失土的政治理想。全詞想像豐富，把超現實的奇思妙想與現實中的思想矛盾結合起來，展現了濃厚的浪漫主義色彩。下面這張心智圖是從賞析和記憶的角度來繪製的。

　　首先，通讀全詞，了解詞文的主要內容，明確中心主題。據詞題，此詞當作於中秋之夜，為詞人在建康城中贈友呂叔潛之作。中心圖使用了建康城的城牆和城樓上空高懸的滿月表明地點和時間來點題。

　　根據詞文內容，按照一般學習的思路，先概述後詳解，從簡析、詞的上闋、下闋分別來學習。

　　第一條大綱主幹先對整首詞的背景知識做簡要了解和賞析，包括詞牌、作者和創作背景三個方面的內容：1. 這首詞詞牌太常引，又名〈太清引〉。又因韓淲詞有「小春時候臘前梅」句，所以又名〈臘前梅〉。2. 作者辛棄疾

（西元 1140—1207 年），字幼安，號稼軒，南宋詞人，被稱為詞中之龍，是著名的愛國詞人，也是豪放派詞作家的傑出代表，與蘇軾並稱「蘇辛」，與著名女詞人李清照並稱「濟南二安」，畫圖時並稱直接用「＋」表示。3. 從這首詞的內容看，此詞作於中秋之夜，這時作者南歸已整整十二年了，在建康（今江蘇南京）任江東安扶司參議官。

　　為了收復中原，作者曾多次上書奏議，力主抗金，收復中原。詞中所賦對象呂叔潛，名大虯，應該是作者聲氣相應的朋友。在建議不被人理睬、陰暗的政治環境中壯志難酬的矛盾之下，詞人只能以詞會友來抒發自己的心願。這一部分可以分別提煉出「時」、「地」、「任」、「境」、「人」、「情」六個關鍵詞，其中「多次上書奏議無果」可以用一本被批了紅叉的奏摺表示。

　　第二條大綱主幹是詞的上闋，寫的是詞人在中秋之夜，對月抒懷。一輪緩緩移動的秋月灑下萬里金波，就像那剛磨亮的銅鏡又飛上了天廓。「秋影」、「飛鏡」都是對月亮的描述，作為同一層級詞性相同便於聯想記憶。作者由月亮很自然地想到與月有關的神話傳說，於是拿起酒杯問月宮中的嫦娥仙子：白髮日多、欺我功業無成，如何是好？這裡化用了薛能〈春日使府寓懷〉：「青春背我堂堂去，白髮欺人故故生」詩意。「把酒問」為方便記憶可以轉換成手持酒杯的影像，用對話方塊引出的問號代表「問」，「欺人奈何」中把奈何提前，用問號來表示。

　　第三條大綱主幹是詞的下闋，作者大膽想像，要乘風飛上萬里長空，俯視國家的大好山河。還要砍去月中搖曳的桂樹枝柯，據人們說，這將使月亮灑下人間的光輝更多。這裡化用了杜甫〈一百五十日夜對月〉詩中「斫卻月中桂，清光應更多」的句意，形象、委婉地表達了作者要掃清朝廷一切投降勢力，把光明帶給人民的報國理想和堅定信念。「乘」、「斫」兩個動詞同一層級並列，都是作者想像中的事情：乘風看山河，砍去月中桂。「去」和「看」

也是同級別屬性相同,「風」、「好」、「直下」分別用相應的圖示表示進行簡化。「人道是」進行了影像化處理,用三個逐漸增大的「+」代表清光逐漸增多。

　　畫完了整幅導圖之後,可以在關鍵的、容易被遺忘的地方新增小圖示幫助記憶。

浣溪沙・身向雲山那畔行

〔作者〕納蘭性德　〔朝代〕清朝

文題解讀

　　浣溪沙,詞牌名。

經典原文	參考譯文
身向雲山那畔行,北風吹斷馬嘶聲,深秋遠塞若為情!一抹晚煙荒戍壘,半竿斜日舊關城。古今幽恨幾時平!	向著北方邊疆一路前行,凜冽的北風吹散了駿馬的嘶鳴,叫人聽不真切。在遙遠的邊塞,蕭瑟的深秋季節,該用怎樣的情懷去感受這情境呢?一抹煙霞,裊然升起,飄蕩於天際,營壘荒涼而蕭瑟;時至黃昏,半竿殘陽,而關城依舊。令人不禁想起古往今來金戈鐵馬的故事,心潮起伏不平。

心智圖

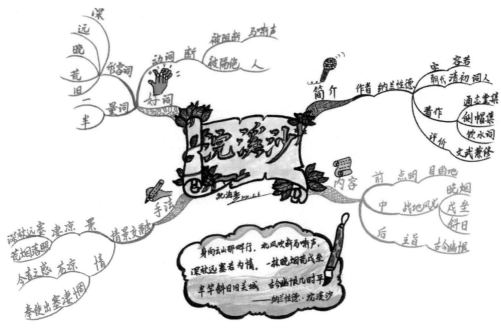

繪者：潘海亞

導圖解析

　　康熙二十一年（西元 1682 年）八月，納蘭性德受命與副都統郎談等出使虎梭龍打虎山，十二月還京途中所作。中心圖以卷軸作為背景，正是突顯題目。

　　四條主幹分別是簡介、內容、手法和好詞四個方面。

　　第一部分：簡介。對於納蘭性德，繪製者從他的字、朝代、著作和眾人的評價，進行較為全面的了解。

　　第二部分：內容。詞作內容，繪製者抓住前句「身向雲山那畔行」，中間兩句「一抹晚煙荒戍壘，半竿斜日舊關城」和末尾句「古今幽恨幾時平」

進行賞析。起句點明此行之目的地。這很容易聯想起同是納蘭的「山一程，水一程，身向榆關那畔行」。而「一抹晚煙荒戍壘，半竿斜日舊關城」，以**簡古疏墨**之筆，勾勒了一幅充滿蕭索之氣的戰地風光側面。晚煙一抹，裊然升起，飄蕩於天際，營壘荒涼而蕭瑟；時至黃昏，落日半斜，沒於旗桿，而關城依舊。詞中的**寥廓意境**不禁讓人想起王維的「大漠孤煙直，長河落日圓」以及范仲淹的「千嶂裡，長煙落日孤城閉」。

結尾「古今幽恨幾時平」，寫出塞遠行的清苦和古今幽恨，既不同於遣戍關外的流人悽楚哀苦的呻吟，又不是衛邊士卒**萬里懷鄉**之浩嘆，而是納蘭對浩渺的宇宙，紛繁的人生以及無常的世事的獨特感悟，雖可能囿於一己，然而其情不勝真誠，其感不勝誠摯。

第三部分：手法。整首詞全詞除結句外，均以**寫景為主，景中含情**，雖然作者一直未曾直接抒發要表達的情感，但人們從字裡行間揣摩出作者的感受。

第四部分：詞作中好詞頗多。這些詞語都寫出了塞外的荒涼。

「北風吹斷馬嘶聲」，引人入寒風凜冽之境，「斷」字，不僅生動描繪馬嘶聲在北風中被阻斷，更描繪了人被隔絕在荒涼地的感覺。

「深、遠、晚、荒、舊」一系列形容詞。深秋遠塞，揭示出時間處於深秋，給予人寒冷蕭瑟印象，空間處於偏遠荒涼之地。「晚煙荒戍壘、舊關城」，給予人黯淡、荒涼、殘破之感。

「一、半」這兩個量詞，實際上展示的也正是與豐富、繁多完全相反的**兼疏、稀薄**之感，映襯塞外空闊荒涼。

南安軍

〔作者〕文天祥　〔朝代〕南宋

文題解讀

南安，今江西大餘。軍，宋代行政區劃名，與府、州、監同屬於路。

經典原文	參考譯文
梅花南北路，風雨溼征衣。 出嶺同誰出？歸鄉如此歸！ 山河千古在，城郭一時非。 餓死真吾志，夢中行採薇。	我經過梅嶺的南北路口，淒風冷雨打溼了征衣。越過梅嶺還有誰與我同路？卻是這樣成為囚徒回到家鄉！餓死確實是我的志願，夢裡就可以做採薇的事了。

心智圖

繪者：丁姿

導圖解析

　　這是南宋詩人文天祥創作的一首五言律詩，作者寫自己被俘後押解途中經過家鄉的思想感受，以國家山河萬世永存與城郭一時淪陷進行對比，突出詩人對恢復大宋江山的信念和對元人的蔑視，表達了自己準備**以死報國、取義成仁**的心願。

　　這張心智圖的中心圖，一個戴著枷鎖的人物形象映入眼簾，一旁的枯樹枝盡顯淒涼，整幅導圖傳遞出了悲苦和痛惜之情。

　　全詩分為四部分：**地點、景色、心情和態度**，整篇詩文略寫了行程中的地點和景色，抒寫了這次行程中的悲苦心情，以國家山河萬世永存與城郭一時淪陷進行對比，突出作者對城郭淪陷、國破家亡的痛惜之情，最後表明自己的態度：決心餓死殉國，完成「採薇」之義的心願。詳細分析如下：

　　第一部分：地點。主幹上畫了個定位的圖示，作者至南安軍，正跨越了大庾嶺（梅嶺）的南北兩路。

　　第二部分：景色。主幹上畫了一個風景畫，在行程中，因**梅嶺**而說到**梅花**，藉以和「風雨」對照，初步顯示了行程中心情的沉重。梅嶺的**梅花**在風雨中搖曳，打溼了押著兵敗後就擒、往大都受審的文天祥的兵丁的征衣，此時，一陣悲涼襲上了他的心頭。

　　第三部分：心情。主幹上的**心情**二字，歸納出了這次行程中，作者的悲苦和痛惜之情。這次的北行，本來可以回到故鄉廬陵，但身繫拘囚，不能自由，雖經故鄉而猶如不歸，同時兩個「出」字和兩個「歸」字的重複對照，更使得悲苦之情激盪起來。其中第二個「歸」字，畫了隻小烏龜表示，突出重點，加深記憶。「山河千古在，城郭一時非」，文天祥站在嶺上，遙望南安軍的西華山，以及章江，慨嘆青山與江河是永遠存在的，而城郭則由出嶺時的宋軍城郭，變成元軍所占領的城郭了，所懸之旗也將隨之易幟了。突出作

者對城郭淪陷、國破家亡的痛惜之情。

第四部分：態度。最後一個主幹，表明了作者的態度：**決心餓死殉國**。詩中用伯夷、叔齊指責周武王代商為「以暴易暴」，因而隱居首陽山，不食周粟，採薇而食，以至餓死的故事，表示了誓不投降的決心。「餓死真吾志」，說得斬釘截鐵，大義凜然，而且有實際行動，不是徒託空言，**感人肺腑**。

這首詩化用杜甫詩句，抒寫自己的胸懷，表現出強烈的愛國感情，顯示出民族正氣。這首詩逐層遞進，聲情激盪，不假雕飾，而自見功力。作者對杜甫的詩用力甚深，其風格亦頗相近，即於質樸之中見深厚之性情，可以說是用**血**和**淚**寫成的作品。

別雲間

〔作者〕夏完淳　〔朝代〕明朝

文題解讀

雲間，松江的古稱。

經典原文	參考譯文
三年羈旅客，今日又南冠。 無限山河淚，誰言天地寬。 已知泉路近，欲別故鄉難。 毅魄歸來日，靈旗空際看。	三年來，為抗清四處漂泊，今天兵敗被俘身陷牢房。無限美好的山河流下了淚水，誰還敢說天地寬廣。已經知道黃泉之路逼近，想到永別故鄉實在心中犯難。等到英雄歸來的那一日，靈旗在空中看故鄉山河。

心智圖

繪者：丁姿

導圖解析

　　這是明代抗清英雄、著名詩人夏完淳的一首絕命詩，全詩追敘作者艱苦卓絕的戰鬥生涯，抒發了作者對故鄉的深深眷戀，表現了作者誓死不屈的鬥爭精神和熾熱的愛國情感。

　　心智圖的中心圖，人物的告別之情湧現出來，對故鄉流露出無限的依戀和深切的感嘆，同時也表達出了作者誓死不屈的決心。

　　整幅導圖分為三個部分：敘事、抒情、明志。作者起筆自敘抗清鬥爭經歷，平靜的敘事之中，深含著詩人滿腔辛酸與無限沉痛，抒發了作者的滿腔

悲憤和對故鄉、親人的依戀不捨之情。尾聯明志，擲地有聲的錚錚誓言，鮮明地昭示出作者堅貞不屈的戰鬥精神、精忠報國的**赤子情懷**，給後繼者以深情的勉勵。詳細分析如下：

第一部分：敘事。主幹上畫了**紙筆**的影像，這一部分是作者的自敘，首句中「**羈旅**」一詞將詩人從父**允彝**、師**陳子龍**起兵抗清到身落敵手這三年輾轉飄零、艱苦卓絕的抗清鬥爭生活做了高度簡潔的概括，可讀出平靜的敘事之中深含著詩人滿腔辛酸與無限沉痛。

第二部分：抒情。主幹畫了一個**豎琴**，抒發了作者的滿腔悲憤和依戀不捨之情。「無限山河淚，誰言天地寬」，身落敵手被囚禁的結局，使詩人壯志難酬，**復明理想**終成泡影，他禁不住深深地失望與哀慟，忍不住向上蒼發出「誰言天地寬」的質問與詰責。

「已知泉路近，欲別故鄉難」，無論怎樣失望、悲憤與哀慟，詩人終究對自己的人生結局非常清醒：原來，湧上他心頭的不僅有國恨，更兼有家仇。父起義兵敗，為國捐軀，而自己凶多吉少，難免一死，這樣家運不幸，恐無後嗣。新婚妻子在家孤守兩年，自己未能盡為夫之責任與義務。想起這一切的一切，詩人內心自然湧起對家人深深的愧疚與無限依戀。

第三部分：明志主幹畫了飄起的**氣球**，氣球上寫的是夢想，代表詩人恢復之志。儘管故鄉牽魂難別，但詩人終將復明大志放在兒女私情之上，不以家運後嗣為念。

這首詩風格沉鬱頓挫，手法老到圓熟，成語典故信手拈來，化入無痕，無一絲童稚氣，不像出自十七歲少年之手，這是**家學淵源**訓育和**鬥爭實踐**磨練相結合的必然結果。全詩意脈流注貫通，語詞率真豪壯，雖作者無意求工，但他高度的愛國熱忱構成其詩作的內在生命，造成了**文品**和**人品**的完美結合。

山坡羊・驪山懷古

〔作者〕張養浩　〔朝代〕元代

文題解讀

山坡羊，曲牌名。驪山，在今陝西臨潼東南。

經典原文	參考譯文
驪山四顧，阿房一炬，當時奢侈今何處？只見草蕭疏，水縈紆。至今遺恨迷煙樹。列國周齊秦漢楚。贏，都變做了土；輸，都變做了土。	站在驪山上我四處張望，阿房宮已被付之一炬，當年奢侈的場景如今在哪兒呢？只見衰草蕭疏，水流迴環曲折。到現在那些遺恨已消失在煙霧瀰漫的樹林中了。周、齊、秦、漢、楚等國家，戰勝了的，都變成了塵土；戰敗了的，也都變成了塵土。

心智圖

繪者：許家瑜

導圖解析

　　這首散曲寫作者從驪山上四顧，回憶當年的**秦朝宮殿**，目睹現在的情景，揭示了封建統治者因荒淫奢侈和爭權奪位而導致滅亡的**歷史教訓**，也抒發了世事無常，徒增悲嘆的感嘆。因此，這幅導圖的中心圖是詩人登上驪山，眺望遠處景象，想起了阿房宮被毀後一片廢墟的破敗場景。

　　第一部分：敘事。寫詩人登上「**驪山**」，畫了一個人站在山頂。「四顧」意思是向四面看，用向四面八方發散的箭頭表示。「阿房一炬」用熊熊燃燒的大火中的**阿房宮**來表示。「奢侈」用**金銀珠寶**來表示，用雲朵框表示「當時」，即過去。「何處」用**問號**和**定位圖示**表示。

　　第二部分：寫景。「只見」用一**隻眼睛**表示，黃土地上稀疏的荒草表示「草蕭疏」，用迴環曲折的溪流代表「水縈紆」，主要使用**場景影像**加強記憶。用遺書上一個眼睛發紅的人表示「遺恨」，煙霧瀰漫的樹林表示「迷煙樹」，這句話含有諷刺意味，是說後人都已經遺忘了前朝敗亡的教訓。

　　第三部分：感慨。城牆上飄飛的旗子上寫著「周」、「齊」、「秦」、「漢」、「楚」，代表相應的國家，最後的結局就是不管是「贏」（手勢加上英文單字win），還是「輸」（手勢加上英文單字 lose），都變作了「土」，畫了一個小土堆，上面立了一個牌子。藉以表達都回歸大地，變成泥土。這句話表明了作者對歷史的感悟，一針見血地揭示出功過成敗到最後終成一片塵土的結局。

朝天子·詠喇叭

〔作者〕王磐　〔朝代〕明朝

文題解讀

　　山坡羊，曲牌名。驪山，在今陝西臨潼東南。

經典原文	參考譯文
喇叭，嗩吶，曲兒小腔兒大。官船來往亂如麻，全仗你抬聲價。軍聽了軍愁，民聽了民怕。哪裡去辨什麼真共假？眼見的吹翻了這家，吹傷了那家，只吹的水盡鵝飛罷！	喇叭、嗩吶，雖然吹的曲子短小，卻聲音響亮。官府的船來來往往，雜亂如麻，全靠你來抬高聲望和社會地位。軍人聽了軍人愁，百姓聽了百姓怕。哪裡去辨別什麼真和假？眼看著吹翻了這一家，又吹傷了那一家，只吹得水乾了，鵝也飛光了！

心智圖

繪者：許家瑜

導圖解析

　　作者借詠喇叭，活畫出明朝中後期**宦官**在運河沿岸作威作福、魚肉百姓的**社會現實**，諷刺和揭露了宦官狐假虎威、殘害百姓的**罪惡行徑**，表達了人民對宦官的痛恨。這幅導圖的中心圖是一個滿臉橫肉，膘肥體壯，身著紫色衣衫，鼓起腮幫子吹嗩吶的宦官，表現出他們作威作福的**醜態**。與之形成鮮明對比的是兩個人，一個是士兵，一片愁怨；一個是百姓，一臉恐懼。一大一小形成鮮明的對比。

　　第一部分：特徵。寫喇叭和嗩吶的「特徵」，曲調不長，聲音響亮，音譜表示「曲兒」，十秒說明「小」，高頻音波圖表示「腔兒大」。暗諷**本事小來頭大**的宦官。

　　第二部分：功用。畫的是「功用」，喇叭和嗩吶為官家所用，運河上豪華的「官船」來來往往，一堆混亂沒有頭緒的線條表示「亂如麻」。「全仗你抬聲價」畫了一個**喇叭**上面是向上的箭頭，上面頂著一頂**官帽**。「聲價」本應客觀評價，而這裡卻要「抬」，說明喇叭的品格是卑下的，諷刺宦官裝腔作勢，聲望和社會地位全靠喇叭來抬。所到之處怨聲載道，士兵愁緒滿懷，百姓驚慌失措。用放大鏡表示「辨」，是辨別、分辨的意思。T 表示 true，「真」的意思；F 表示 false，「假」的意思。

　　第三部分：惡果。寫「惡果」，用房子表示家，**倒置的房子**表示「吹翻了這家」，**破敗的房子**表示「吹傷了那家」。土坑裡只剩下一丁點兒水表示「水盡」，鵝搧動翅膀飛畫出「鵝飛」的情境，表達出民窮財盡的狀況。

附錄 1　國中生古詩詞常考理解性默寫

〈關雎〉

1. 全詩以雎鳩的叫聲起興的句子是：<u>關關雎鳩，在河之洲</u>。

2. 統領全詩，表達出「那美麗賢淑的女子，是君子的好配偶」的意思的句子是：<u>窈窕淑女，君子好逑</u>。

3. 詩中最能展現相思之苦的句子是：<u>悠哉悠哉，輾轉反側</u>。

〈觀滄海〉

1. 〈觀滄海〉的主要表達方式是描寫，但是也有兩句詩是敘事的，這兩句詩是：<u>東臨碣石，以觀滄海</u>。

〈飲酒〉

1. 詩中描寫詩人以菊花為伴，悠然自得的恬靜生活的名句是：<u>採菊東籬下，悠然見南山</u>。

2. 詩中描寫傍晚時分美麗景色的名句是：<u>山氣日夕佳，飛鳥相與還</u>。

3. 詩中解釋「結廬在人境，而無車馬喧」的句子是：<u>問君何能爾，心遠地自偏</u>。

4. 陶淵明的〈飲酒〉中，描繪傍晚時分山間雲氣繚繞、鳥兒結伴歸巢的詩句是：<u>山氣日夕佳，飛鳥相與還</u>。

5. 風雅是一種生活情調，也是一種精神追求。李白的「<u>舉杯邀明月，對影成三人</u>」中，一杯酒，一輪月，這種瀟灑浪漫是風雅；陶淵明的「<u>採菊東籬下，悠然見南山</u>」中，一捧菊，一抹情，這種恬靜淡泊也是風雅。

6. 陶淵明的〈飲酒〉中，用問答形式表明內心清淨就能遠離喧囂之意的句子是：<u>問君何能爾，心遠地自偏</u>。

〈木蘭詩〉

1. 成語「撲朔迷離」出自〈木蘭詩〉中的「雄兔腳撲朔，雌兔眼迷離」兩句。

2. 〈木蘭詩〉中，簡寫木蘭不辭路遠，奔赴沙場的兩句是「萬里赴戎機，關山度若飛」。

3. 〈木蘭詩〉中，與「醉臥沙場君莫笑，古來征戰幾人回」意思相近的兩句詩是：將軍百戰死，壯士十年歸。

4. 〈木蘭詩〉中，展現木蘭戰功卓著的詩句是：策勳十二轉，賞賜百千強。

5. 〈木蘭詩〉中，寫邊塞地夜景的兩句是：朔氣傳金柝，寒光照鐵衣。

6. 〈木蘭詩〉中，突出木蘭不圖功名利祿的高尚品質的兩句是：可汗問所欲，木蘭不用尚書郎。

7. 〈木蘭詩〉中，「朔氣傳金柝，寒光照鐵衣」描寫了木蘭在邊塞軍營艱苦戰鬥生活的畫面。

〈送杜少府之任蜀州〉

1. 詩人寫送別的地點和友人要去的地方的詩句是：城闕輔三秦，風煙望五津。

2. 詩中勸慰友人不要哀傷，表達出詩人豁達、爽朗的胸懷的詩句是：無為在歧路，兒女共沾巾。

3. 詩中把對朋友的真摯感情昇華為哲理，寫出四海之內有知心朋友，就是在天涯海角，也還是像近鄰一樣親近的詩句是：海內存知己，天涯若比鄰。

4. 王勃的〈送杜少府之任蜀州〉中，「海內存知己，天涯若比鄰」與「相知無遠近，萬里尚為鄰」有異曲同工之妙。

〈登幽州臺歌〉

1. 〈登幽州臺歌〉中，俯仰古今，寫出時間綿長的詩句是：<u>前不見古人，後不見來者</u>。

2. 〈登幽州臺歌〉中，寫在廣闊無垠的時空背景下，詩人孤單寂寞、悲哀苦悶的兩句是：<u>念天地之悠悠，獨愴然而涕下</u>。

3. 陳子昂在〈登幽州臺歌〉中從天地落筆，表現出生不逢時的孤獨和傷感的詩句是：<u>念天地之悠悠，獨愴然而涕下</u>。

〈次北固山下〉

1. 詩中交代作者行蹤的詩句是：<u>客路青山外，行舟綠水前</u>。

2. 詩中生動勾勒北固山下壯闊圖景的詩句是：<u>潮平兩岸闊，風正一帆懸</u>。

3. 詩中表現時序變遷，新舊交替這一自然規律的詩句是：<u>海日生殘夜，江春入舊年</u>。

4. 詩中表現遊子思鄉情深的詩句是：<u>鄉書何處達，歸雁洛陽邊</u>。

5. 〈次北固山下〉中，「<u>潮平兩岸闊</u>」一句，寫出了春天潮水漲滿後，江水浩渺，江面似乎與岸齊平的開闊景象。

6. 〈次北固山下〉中，表現新事物終將替代舊事物，這一哲理的詩句是：<u>海日生殘夜，江春入舊年</u>。

〈使至塞上〉

1. 〈使至塞上〉中以比喻表達惆悵、憂鬱心情的詩句是：<u>徵蓬出漢塞，歸雁入胡天</u>。

2. 〈使至塞上〉中以傳神之筆，勾畫了一幅塞外雄渾景象的名句是：<u>大漠孤煙直，長河落日圓</u>。

〈聞王昌齡左遷龍標遙有此寄〉

1. 詩中借景抒情，蘊含飄零之感、離別之恨的詩句是：楊花落盡子規啼，聞到龍標過五溪。

2. 透過豐富想像，運用擬人手法，表達詩人對朋友深切關心的句子是：我寄愁心與明月，隨君直到夜郎西。

3. 李白的〈聞王昌齡左遷龍標遙有此寄〉一詩中，再扣詩題中「遙有此寄」四字的詩句是：「我寄愁心與明月，隨君直到夜郎西」。

4. 〈聞王昌齡左遷龍標遙有此寄〉一詩中，「楊花落盡子規啼，聞道龍標過五溪」兩句，選取兩種富有季節特徵的事物，描繪出南國的暮春景象，烘托出一種哀傷愁惻的氣氛。

〈行路難〉

1. 〈行路難〉中，表現作者對未來充滿信心和希望的句子是：長風破浪會有時，直掛雲帆濟滄海。

2. 〈行路難〉中，表現詩人追求理想的道路上充滿艱難險阻的詩句是：欲渡黃河冰塞川，將登太行雪滿山。

3. 〈行路難〉中，寫作者內心愁苦的詩句是：停杯投箸不能食，拔劍四顧心茫然。

4. 〈行路難〉中，借用兩個典故表達了作者渴望回到君王身邊的詩句是：閒來垂釣碧溪上，忽復乘舟夢日邊。

〈黃鶴樓〉

1. 〈黃鶴樓〉中借傳說落筆，意中有象、虛實結合的詩句是：昔人已乘黃鶴去，此地空餘黃鶴樓。

2. 〈黃鶴樓〉在感嘆和抒情中，描繪了黃鶴樓的遠景，表現了此樓聳入天

際、白雲繚繞的壯觀景象的詩句是：黃鶴一去不復返，白雲千載空悠悠。

3. 〈黃鶴樓〉中游牧騁懷，直接鉤勾勒出黃鶴樓外江上明朗日景的詩句是：晴川歷歷漢陽樹，芳草萋萋鸚鵡洲。

4. 〈黃鶴樓〉中作者徘徊低吟，間接呈現出黃鶴樓外江上朦朧晚景的詩句是：日暮鄉關何處是，煙波江上使人愁。

〈望嶽〉

1. 杜甫的〈望嶽〉一詩中描寫泰山遼闊曠遠的設問句是：岱宗夫如何？齊魯青未了。

2. 〈望嶽〉中虛實結合，表現泰山秀美、高大的語句是：造化鍾神秀，陰陽割昏曉。

3. 〈望嶽〉中表現泰山高峻、幽深的語句是：蕩胸生曾雲，決眥入歸鳥。

4. 既是攀登泰山極頂的誓言，又是攀登人生頂峰的誓言的語句是：會當凌絕頂，一覽眾山小。

5. 〈望嶽〉中的「會當凌絕頂，一覽眾山小」，表現了青年杜甫渴望登上泰山絕頂，俯視群山而小天下的心胸氣概。

〈春望〉

1. 杜甫在〈春望〉一詩中寫國都淪陷，山河依舊，春天來臨卻雜草叢生，表現長安春日滿目淒涼，傳達出詩人憂國傷時之情的詩句是：國破山河在，城春草木深。

2. 杜甫的〈春望〉中，詩人感時傷別，見明麗之景誘發內心傷感的詩句是：感時花濺淚，恨別鳥驚心。

3. 杜甫的〈春望〉中，春天的花開鳥鳴反而使詩人杜甫生出憂國和思鄉之情的詩句是：感時花濺淚，恨別鳥驚心。

4. 杜甫在〈春望〉一詩中悲嘆國破家亡、離亂之痛，表現出他愛國、念家的美好情操和因憂愁而日益衰老的句子是：白頭搔更短，渾欲不勝簪。

5. 杜甫在〈春望〉中透過花、鳥，以擬人手法抒發悲憤之情的詩句是：感時花濺淚，恨別鳥驚心。

6. 杜甫在〈春望〉中寫出戰火連綿時，盼望得到家人平安訊息的句子是：烽火連三月，家書抵萬金。

〈茅屋被秋風所破歌〉

1. 〈茅屋被秋風所破歌〉不僅濃墨渲染出陰沉黑暗的雨前景象，也烘托出詩人悽惻愁慘的心境的句子是：俄頃風定雲墨色，秋天漠漠向昏黑。

2. 〈茅屋被秋風所破歌〉中，表現群童頑皮的句子是：南村群童欺我老無力，忍能對面為盜賊。

3. 〈茅屋被秋風所破歌〉中，表現詩人崇高理想和美好心願以及憂國憂民的情懷的詩句是：安得廣廈千萬間，大庇天下寒士俱歡顏。

4. 〈茅屋被秋風所破歌〉中，寫詩人無可奈何的詩句是：脣焦口燥呼不得，歸來倚杖自嘆息。

5. 〈茅屋被秋風所破歌〉中，與「但願蒼生俱飽暖，不辭辛苦出山林」有異曲同工之妙的詩句是：何時眼前突兀見此屋，吾廬獨破受凍死亦足。

6. 杜甫的〈茅屋被秋風所破歌〉中，表現詩人甘願犧牲自己以換取百姓溫暖的博大胸懷的詩句是：「何時眼前突兀見此屋，吾廬獨破受凍死亦足。」

7. 杜甫的〈茅屋被秋風所破歌〉中，「俄頃風定雲墨色，秋天漠漠向昏黑」兩句寫狂風停止之後，雲層變得墨黑，天色馬上暗下來，引出下文屋破又遭連夜雨的境況。

〈蒹葭〉

1. 〈蒹葭〉開頭展現一幅蕭瑟冷落的秋景，給全詩籠罩一層淒清冷落情調的句子是：蒹葭蒼蒼，白露為霜。

2. 〈蒹葭〉中，常被我們引用來形容所愛戀的人在遠方的詩句是：所謂伊人，在水一方。

〈十五從軍征〉

1. 〈十五從軍征〉中，反映中國古代兵役制度不合理的句子是：十五從軍征，八十始得歸。

2. 〈十五從軍征〉中透過對兔、雉亂跑亂飛的景物描寫，來說明老兵家園殘破的語句是：兔從狗竇入，雉從梁上飛。

3. 〈十五從軍征〉中，透過對做飯動作的描寫來表現老兵的悲劇命運的句子是：舂穀持作飯，採葵持作羹。

〈白雪歌送武判官歸京〉

1. 〈白雪歌送武判官歸京〉中，運用互文修辭手法的詩句是：將軍角弓不得控，都護鐵衣冷難著。

2. 〈白雪歌送武判官歸京〉中，運用誇張修辭手法描繪雪中天地整體形象的詩句是：瀚海闌干百丈冰，愁雲慘淡萬里凝。

3. 〈白雪歌送武判官歸京〉中，借旗子表現塞外天氣寒冷的詩句是：紛紛暮雪下轅門，風掣紅旗凍不翻。

4. 〈白雪歌送武判官歸京〉中，展現離別時依依不捨的情感，與李白的「孤帆遠影碧空盡，唯見長江天際流」意境相似的詩句是：山迴路轉不見君，雪上空留馬行處。

5. 〈白雪歌送武判官歸京〉中，寫北方邊地風狂雪早的句子是：北風捲地白

草折，胡天八月即飛雪。

6. 〈白雪歌送武判官歸京〉中，以春花喻冬雪的詠雪的名句是：忽如一夜春風來，千樹萬樹梨花開。

〈酬樂天揚州初逢席上見贈〉

1. 〈酬樂天揚州初逢席上見贈〉中蘊含新事物不斷湧現的哲理的詩句是：沉舟側畔千帆過，病樹前頭萬木春。

2. 表現堅韌不拔的意志，與常人所用的「借酒消愁」形成對比的句子是：今日聽君歌一曲，暫憑杯酒長精神。

3. 〈酬樂天揚州初逢席上見贈〉中含典故的詩句是：懷舊空吟聞笛賦，到鄉翻似爛柯人。

〈賣炭翁〉

1. 〈賣炭翁〉中，活畫出賣炭翁的肖像的詩句是：滿面塵灰煙火色，兩鬢蒼蒼十指黑。

2. 作者的高明之處在於，沒有自己出面向讀者介紹賣炭翁的家庭經濟狀況，而是設為問答，「賣炭得錢何所營，身上衣裳口中食」。這一問一答，不僅化板為活，使文勢跌宕、搖曳生姿，而且擴展了反映民間疾苦的深度和廣度。

3. 〈賣炭翁〉中，「可憐身上衣正單，心憂炭賤願天寒」從章法上看，是從前半篇向後半篇過渡的橋梁。

4. 〈賣炭翁〉中，表現賣炭翁極度反常的矛盾心理的詩句是：可憐身上衣正單，心憂炭賤願天寒。

5. 〈賣炭翁〉中的「牛困人飢日已高，市南門外泥中歇」，形象地寫出了老翁精疲力竭的情態。

〈錢塘湖春行〉

1. 〈錢塘湖春行〉中，以動物的活動寫早春景象的句子是：<u>幾處早鶯爭暖樹，誰家新燕啄春泥</u>。

2. 〈錢塘湖春行〉中，描寫西湖早春花草美景的句子是：<u>亂花漸欲迷人眼，淺草才能沒馬蹄</u>。

3. 〈錢塘湖春行〉中，從植物變化的角度寫景的詩句是：<u>亂花漸欲迷人眼，淺草才能沒馬蹄</u>。

4. 〈錢塘湖春行〉中，最能表現西湖春景美不勝收和詩人的喜愛與不捨之情的詩句是：<u>最愛湖東行不足，綠楊陰裡白沙堤</u>。

〈雁門太守行〉

1. 〈雁門太守行〉中，寫敵人兵臨城下，戰雲籠罩，使人透不過氣來，而戰士整裝待發，士氣還很旺盛的詩句是：<u>黑雲壓城城欲摧，甲光向日金鱗開</u>。

2. 〈雁門太守行〉一詩中，寫唐軍將士奮勇殺敵原因的詩句是：<u>報君黃金臺上意，提攜玉龍為君死</u>。

3. 〈雁門太守行〉一詩中。表現激戰中蒼涼悲壯的氛圍和奇異的邊塞風光的詩句是：<u>角聲滿天秋色裡，塞上燕脂凝夜紫</u>。

4. 〈雁門太守行〉中，能表現將士高昂氣勢和愛國熱情的詩句是：<u>報君黃金臺上意，提攜玉龍為君死</u>。

〈赤壁〉

1. 杜牧的〈赤壁〉中，「<u>東風不與周郎便，銅雀春深鎖二喬</u>」兩句詩，借二喬的命運形象地代表東吳的命運，如果不是東風給了周瑜方便，取得勝利的可能就是曹操，歷史就可能重寫。

2. 杜牧的〈赤壁〉中，敘事的詩句是：<u>折戟沉沙鐵未銷，自將磨洗認前朝。</u>

3. 杜牧在〈赤壁〉一詩中，以兩個美女象徵國家的命運，以小見大的詩句是：<u>東風不與周郎便，銅雀春深鎖二喬。</u>

〈泊秦淮〉

1. 融情於景，描寫秦淮河淒清的朦朧景象並點明時間、地點，為下文議論做鋪墊的詩句是：<u>煙籠寒水月籠沙，夜泊秦淮近酒家。</u>

2. 杜牧在〈泊秦淮〉中，抒發興亡之感的句子是：<u>商女不知亡國恨，隔江猶唱後庭花。</u>

3. 杜牧的〈泊秦淮〉一詩中，諷喻晚唐統治者醉生夢死、荒淫誤國的詩句是：<u>商女不知亡國恨，隔江猶唱後庭花。</u>

4. 杜牧在〈泊秦淮〉中，以弦外之音批評上層人物的句子是：<u>商女不知亡國恨，隔江猶唱後庭花。</u>

〈夜雨寄北〉

1. 情景交融抒寫自己羈絆異鄉的無奈與淒清孤寂的詩句是：<u>君問歸期未有期，巴山夜雨漲秋池。</u>

2. 〈夜雨寄北〉中以會晤的歡愉襯托客居的寂寞，將相思之情轉化為對重逢的希冀的名句是：<u>何當共剪西窗燭，卻話巴山夜雨時。</u>

3. 唐代李商隱的〈夜雨寄北〉中，「<u>君問歸期未有期，巴山夜雨漲秋池</u>」的詩句，表現了詩人在羈旅中無奈、孤獨的心情。

〈無題〉

1. 寓情於景，以春光易逝、人對此無可奈何來渲染離情，極寫傷別沉痛的心情和纏綿的相思之苦的詩句是：<u>相見時難別亦難，東風無力百花殘。</u>

2. 運用諧音雙關、比喻的修辭寫對愛情忠貞的詩句是：<u>春蠶到死絲方盡，蠟炬成灰淚始乾。</u>

3. 運用想像，推己及人，想像對方和自己一樣痛苦，感嘆時光易逝、相會無期的詩句是：<u>曉鏡但愁雲鬢改，夜吟應覺月光寒</u>。

4. 詩人透過書信找到了慰藉自己的途徑，表達了自己情感的詩句是：<u>蓬山此去無多路，青鳥殷勤為探看</u>。

5. 〈無題〉中，以象徵手法描寫至死不渝的愛情的詩句是：<u>春蠶到死絲方盡，蠟炬成灰淚始乾</u>。

〈相見歡〉

1. 〈相見歡〉中作者「無言獨上西樓」感受到秋的蕭瑟與孤獨淒寒之感的詞句是：<u>寂寞梧桐深院鎖清秋</u>。

2. 〈相見歡〉中用比喻抒寫離愁，將抽象的情感具象化的名句是：<u>剪不斷，理還亂</u>。

〈漁家傲・秋思〉

1. 〈漁家傲・秋思〉中渲染古代西北邊地秋景的悲涼奇異的詩句是：<u>塞下秋來風景異，衡陽雁去無留意</u>。

2. 〈漁家傲・秋思〉中描寫邊城冷落荒涼景色的句子是：<u>千嶂裡，長煙落日孤城閉</u>。這使我們聯想到王維的〈使至塞上〉中的名句：<u>大漠孤煙直，長河落日圓</u>。

3. 〈漁家傲・秋思〉中抒發征夫戍邊難歸的無奈和對家鄉的眷念之情的詩句是：<u>濁酒一杯家萬里，燕然未勒歸無計</u>。

4. 唐代詩人李益的「不知何處吹蘆管，一夜征人盡望鄉」抒寫了戍邊將士強烈的思鄉之情，〈漁家傲・秋思〉中表達同樣感情的句子是：<u>人不寐，將軍白髮征夫淚</u>。

〈浣溪沙〉

1. 與劉希夷〈代悲白頭翁〉「年年歲歲花相似，歲歲年年人不同」的意境大體相似的詞句是：<u>一曲新詞酒一杯</u>，<u>去年天氣舊亭臺</u>。

2. 〈浣溪沙〉中被譽為「千古奇偶」，恰當地表達了詞人對時光流逝、世事變遷的感慨的詞句是：<u>無可奈何花落去</u>，<u>似曾相識燕歸來</u>。

3. 晏殊的〈浣溪沙〉中「<u>無可奈何花落去</u>，<u>似曾相識燕歸來</u>」將自然現象與人的感受巧妙結合，生發出值得玩味的情趣。

〈登飛來峰〉

1. 王安石的〈登飛來峰〉中，與「會當凌絕頂，一覽眾山小」有異曲同工之妙的詩句是：<u>不畏浮雲遮望眼</u>，<u>自緣身在最高層</u>。

2. 〈登飛來峰〉中，反映詩人為實現自己的政治抱負而勇往直前、無所畏懼的進取精神的詩句是：<u>不畏浮雲遮望眼</u>，<u>自緣身在最高層</u>。

〈江城子・密州出獵〉

1. 〈江城子・密州出獵〉一詞中借用典故，表達作者願馳騁疆場、為國立功的句子是：<u>持節雲中</u>，<u>何日遣馮唐</u>。

2. 蘇軾在〈江城子・密州出獵〉中以魏尚自比，用「<u>持節雲中</u>，<u>何日遣馮唐</u>」這一詩句，表達了渴望得到朝廷重用、立功邊陲的心情。

〈水調歌頭〉

1. 蘇軾在〈水調歌頭〉中，望著明月遙祝兄弟平安，現在人們也常常用來祝福親友的詞句是：<u>但願人長久</u>，<u>千里共嬋娟</u>。

〈漁家傲〉

1. 李清照的〈漁家傲〉中，「<u>天接雲濤連曉霧</u>，<u>星河欲轉千帆舞</u>」兩句展現出一幅遼闊、壯美的海天一色圖卷，船搖帆舞，星河欲轉，既富於生活

的真實感，也具有夢境的虛幻性，虛虛實實，為全篇奠定了基調。

2. 在幻想的境界中，此人塑造了一個態度溫和、關心民瘼的天帝。「<u>聞天語，殷勤問我歸何處</u>」飽含著深厚的感情，寄寓著美好的理想。

3. 詞人在天帝面前用「<u>我報長路嗟日暮，學詩謾有驚人句</u>」傾訴自己空有才華而遭逢不幸、奮力掙扎的苦悶。

4. 在大鵬正高舉的時刻，詞人忽又大喝一聲：「<u>風休住，蓬舟吹取三山去</u>！」

5. 李清照的〈漁家傲〉中，「<u>天接雲濤連曉霧</u>」一句，寫的是雲濤翻滾的壯美景象，「<u>九萬里風鵬正舉</u>」一句，表明詞人要像大鵬鳥那樣乘風高飛。

〈遊山西村〉

1. 〈遊山西村〉中寫村民們在迎接神的簫鼓中，來來往往祈求豐收的詩句是：<u>簫鼓追隨春社近，衣冠簡樸古風存</u>。

2. 陸游在〈遊山西村〉中寫下的蘊含豐富人生哲理的千古名句是：<u>山重水複疑無路，柳暗花明又一村</u>。

3. 陸游的〈遊山西村〉中「<u>山重水複疑無路，柳暗花明又一村</u>」一句暗含人生哲理，同時也表明了詩人雖遇挫折，卻心存希望的積極人生態度。

〈南鄉子‧登京口北固亭有懷〉

1. 〈南鄉子‧登京口北固亭有懷〉實寫史事，突出了孫權的年少有為和蓋世武功的句子是：<u>年少萬兜鍪，坐斷東南戰未休</u>。

2. 據《三國志》記載，曹操曾對劉備說：「<u>今天下英雄，唯使君與操耳</u>。」辛棄疾便借用這個故事，把曹操和劉備請來給孫權當配角，說天下英雄只有曹操、劉備堪與孫權爭勝，這兩個句子是：<u>天下英雄誰敵手？曹劉</u>。

3. 〈南鄉子‧登京口北固亭有懷〉自問自答、點明登臨地點的句子是：<u>何處望神州？滿眼風光北固樓</u>。

〈破陣子‧為陳同甫賦壯詞以寄之〉

1. 〈破陣子‧為陳同甫賦壯詞以寄之〉中從形、聲兩方面寫軍營生活及戰前準備的句子是：八百里分麾下炙，五十弦翻塞外聲。

2. 〈破陣子‧為陳同甫賦壯詞以寄之〉中從視覺、聽覺兩方面表現激烈戰鬥場面的句子是：馬作的盧飛快，弓如霹靂弦驚。

3. 〈破陣子‧為陳同甫賦壯詞以寄之〉中，辛棄疾以「了卻君王天下事，贏得生前身後名」直抒胸臆，表達自己的愛國激情和雄心壯志。

4. 辛棄疾在〈破陣子‧為陳同甫賦壯詞以寄之〉中表達自己建功立業願望的句子是：了卻君王天下事，贏得生前身後名。

〈過零丁洋〉

1. 〈過零丁洋〉中，概括寫出詩人被捕前的全部經歷，以示自己艱難遭遇的詩句是：辛苦遭逢起一經，干戈寥落四周星。

2. 〈過零丁洋〉中，以形象的比喻描寫國家和個人命運的詩句是：山河破碎風飄絮，身世浮沉雨打萍。

3. 〈過零丁洋〉中，概括寫出兩次抗元遭受失敗後，對國勢身世深深的憂慮不安的心情和傷感的情緒的詩句是：惶恐灘頭說惶恐，零丁洋裡嘆零丁。

4. 〈過零丁洋〉中，表現詩人崇高的愛國情懷的名句是：人生自古誰無死，留取丹心照汗青。

5. 文天祥在〈過零丁洋〉中，以比喻的方式描寫自己身世的一句是「身世浮沉雨打萍」，詩人對自己的生死並不顧惜，因為他的人生追求是「留取丹心照汗青」。

〈天淨沙‧秋思〉

1. 曲中描寫秋天特有景物、渲染悲涼的氣氛，為後面寫悲情做鋪墊的句子除了「古道西風瘦馬」，另外一句是：<u>枯藤老樹昏鴉</u>。

2. 曲中點明主旨，道出天涯遊子之悲的句子是：<u>夕陽西下，斷腸人在天涯</u>。

〈山坡羊‧潼關懷古〉

1. 〈山坡羊‧潼關懷古〉中，從視覺、聽覺兩方面寫潼關的險要和雄偉氣勢，暗示它歷來是兵家必爭之地的句子是：<u>峰巒如聚，波濤如怒</u>。

2. 〈山坡羊‧潼關懷古〉揭示出歷史是不斷發展變化的，任何強大的統治者都避免不了最終的滅亡的詩句是：<u>傷心秦漢經行處，宮闕萬間都做了土</u>。

3. 〈山坡羊‧潼關懷古〉中，表達作者對人民苦難深切同情的句子是<u>興，百姓苦；亡，百姓苦</u>。

〈己亥雜詩〉

1. 龔自珍的〈己亥雜詩〉中，寫詩人辭官之後的離別愁緒的詩句是：<u>浩蕩離愁白日斜，吟鞭東指即天涯</u>。

2. 同樣是面對落花，晏殊說「無可奈何花落去」，龔自珍卻說「<u>落紅不是無情物，化作春泥更護花</u>」。

3. 龔自珍在〈己亥雜詩〉中，表明自己雖仕途受挫，卻仍然要為國家奉獻一切的句子是：<u>落紅不是無情物，化作春泥更護花</u>。

〈滿江紅‧小住京華〉

1. 〈滿江紅‧小住京華〉中進一步說明表面上過著貴婦人的生活，實則奴僕不如的句子是：<u>苦將儂，強派作蛾眉</u>。

2. 〈滿江紅‧小住京華〉中展現「四面的歌聲漸歇，我也終如漢之破楚，突破了家庭的牢籠，如今一個人思量著在浙江時，那八年的生活況味」的意思的句子是：四面歌殘終破楚，八年風味徒思浙。

3. 〈滿江紅‧小住京華〉中展現「想想平日，我的一顆心，常為別人而熱」的意思的句子是：算平生肝膽，因人常熱。

〈賈生〉

1. 〈賈生〉中，揭示晚唐皇帝求仙訪道，不顧國計民生的一聯是：「可憐夜半虛前席，不問蒼生問鬼神」。

〈卜運算元‧詠梅〉

1. 〈卜運算元‧詠梅〉中，歌頌梅花縱然凋落於地，馬踏車輾成為塵埃，仍是香氣不改、精神猶在的句子是：零落成泥碾作塵，只有香如故。

附錄 2　優秀作品賞析

聞王昌齡左遷龍標遙有此寄

〔作者〕李白　〔朝代〕唐朝

心智圖

繪者：吳浚銘

導圖解析

　　這幅心智圖的中心圖，是作者李白聽到王昌齡被貶為龍標尉，想到王昌齡跋涉之苦的畫面。詩中以楊花、子規和明月寄思來表示關懷安慰。全詩分為三個部分，圖中第一部分概括為**寫景**，以圖「楊花」和「子規」（杜鵑）來表示詩中的「楊花落盡子規啼」，楊花其實指的是柳絮，但是不太好記，所以在這裡畫了一棵開花的樹，飄落著花朵，更便於快速回憶。擷取的楊花、子規這兩種意象，含有飄零之感、離別之愁，既點明了時令，又渲染了傷感的氣氛。

　　第二部分概括為**事件**，以圖「官帽」來表示詩中「聞道龍標」，以圖「五溪」來表示詩中「過五溪」。詩中的第二句**敘事**，得知你被貶為龍標尉，龍標地方偏遠，去時要經過五溪（行程艱難）。第三個部分概括為**抒情**，以圖「信封裝著一顆破碎的心、一輪明月、一個人和房子、路標」來表示詩中的「我寄愁心與明月，隨君直到夜郎西」，意思是將我的懷念之心託付給多情的明月，讓它陪伴你一起到夜郎以西之地吧。作者透過豐富的想像，將月亮**擬人化**，賦予月亮以人的情感，表達深邃的意境，表達了詩人對友人真摯的**同情、思念和關懷**。

天淨沙·秋思

〔作者〕馬致遠　〔朝代〕元朝

心智圖

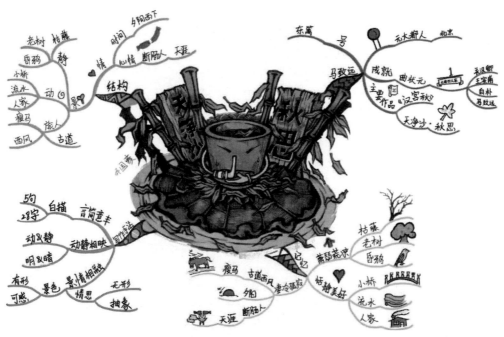

繪者：鄧國豪

導圖解析

　　這幅導圖分為四部分。第一部分是涉及作者馬致遠的相關知識，第二部分是記憶內容，提煉文中核心關鍵詞，並賦予影像語言輔助記憶，第四部分結構，把全篇內容分為景和情兩方面，幫助理清結構，把握邏輯。

　　重點要說明的是第三部分「寫作手法」。這首小令文字非常精錬，可以說達到了不能再增減一字的程度，全篇僅 5 句，28 個字，既不誇張，也沒

用典故，純用**白描手法**勾勒出了一幅生動的圖景，可謂是言簡義豐。作者將很多相對獨立的事物同時納入一個畫面之中，從而形成了**動與靜**、**明與暗**的相互映襯。景色與情思相融，有形的、可感的景色與無形的、抽象的悽苦之情，融為一體，完美地表現了漂泊天涯的旅人愁思。

次北固山下

〔作者〕王灣　〔朝代〕唐朝

心智圖

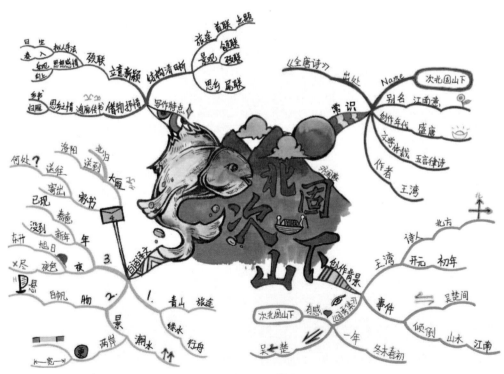

繪者：鄧國豪

導圖解析

　　很多人會問，中心圖為什麼畫了一條魚呢？那是根據這首詩的題目來畫的。因為這首詩的別名和詩中的事件都與「江南」有關，而在江南比較出名的就是魚，所以，我畫了一條金魚在中心圖上，而後面的青山就是「北固山」，小船代表「次」，停宿。

　　在這幅圖中分了四條大綱主幹，分別是**常識**、**創作背景**、**白話譯文**和**寫作特點**。下面重點來分享下寫作特點這部分：

　　1. 結構清晰。整首詩可以概括為 3 個部分，首聯點題，寫的是旅途；頷聯和頸聯寫的是景觀；尾聯表達了思鄉之情。

　　2. 立意新穎。頸聯中「生」、「入」採用了擬人的手法，將「日」和「春」人格化，賦予了人的意志和情思。無意說理，卻在描寫景物、節令中蘊含了哲理，表現了詩人對未來充滿樂觀向上的思想感情。

　　3. 借物抒情。在尾聯，借用「**鴻雁傳書**」的故事，自然地抒發對故鄉的思念之情。「鄉書」、「歸雁」這些具有強烈思想意味的詞語，表現出作者濃濃的思鄉之情和淡淡的感傷。

飲酒（其五）

〔作者〕陶淵明　〔朝代〕東晉

心智圖

繪者：胡雨凡

導圖解析

　　這幅導圖的中心圖繪製的是詩人隱居在自然風光優美的**鄉村**，呈現出悠然自得的生活畫面。整幅心智圖分為四個部分：**位置、風景、主題、介紹**。

　　第一部分：位置。大部分用影像語言表達原文內容。結廬是建造房舍的意思，所以畫了一間房子，「而無車馬喧」直接用小插圖表示。詩人雖然深處人境（塵世）之中，卻能免於塵世的煩擾。第二分支這兩句採用了設問的方式揭開謎底，所以畫了個問號。「心遠地自偏」畫了表方向的箭頭和一顆遠離

的紅心。因為心情閒適，心高志遠，所以居住的地方也顯得偏僻安靜。這裡強調了個人生活情趣的重要性，表現了詩人對超凡脫俗境界的追求。

第二部分：風景。「採菊東籬下，悠然見南山」是名句，用小插圖表示相應含義，非常直觀明瞭。「山氣日夕佳，飛鳥相與還」緊承上句，寫南山暮景。詩人從飛鳥晨出夕還的景象，悟出了返璞歸真的人生真諦。

第三部分：主題。這首詩擷取了生活中的一個片段，透過對田園生活中自然景色的描繪（風景畫），表達了詩人遠離世俗，堅定歸隱的人生追求以及隱居的喜悅之情。「此中有真意，欲辨已忘言」寫出了詩人面對良辰美景神往而又迷惘的情形。

第四部分：介紹。這部分從**作者**、**背景**、**出處**三方面展開，有助於對原文的深入理解。

赤壁

〔作者〕杜牧　〔朝代〕唐朝

心智圖

繪者：劉梅豔

導圖解析

　　這張導圖分析的是唐代杜牧的〈赤壁〉。

　　這張導圖分為兩部分，第一部分為敘事，第二部分為議論。

　　第一部分敘事，主要圍繞「戟」，這個「戟」有三個動態「折」、「未銷」、「磨洗」，它們屬於**並列關係**。詩人磨洗折戟後認出是「前朝之物」，由此觸景生情，感慨良多，引發下文。總體而言，詩人借古物興起對前朝人物和事蹟的感嘆，這兩句是寫興感之由。

　　第二部分議論，詩人以小見大，圍繞東風做了一個**假設**，假設沒有東風，那麼周郎和二喬會是怎樣的結局？所以導圖中由東風發散出兩個分支，一個是周郎，一個是二喬。假如赤壁之戰中沒有颳起東風，那麼周郎戰敗，二喬被鎖銅雀臺。以小見大，表明了機遇的重要性；同時含蓄地表達了自己**英雄無用武之地**的憂鬱不平之氣。

　　這張導圖的中心圖很好地展現了詩的圖景：詩人途經戰場，撿到一個折斷了的戟，拿起折戟詩人思緒萬千，想起當年的**赤壁之戰**，赤壁之戰中有個非常重要的因素就是「**東風**」，圖中用一個用力吹風的風婆婆影像表示東風。

　　所以看著中心圖，再根據線條兩大部分梳理的詩句的邏輯關係，就很好記憶這首古詩了。

心智圖

繪者：李燕玲

導圖解析

　　這幅心智圖的中心圖以河流、赤壁、沙石等自然元素和詩人獨步江畔仰望天際，來表達詠史抒懷的意境，詩名「赤壁」亦嵌在石壁中，以便自然地融入畫面。

　　全詩四句分兩個部分。前兩句根據主要內容巧妙地將大綱主幹畫為沉沙**斷戟**，暗示赤壁曾為古戰場，其手法為「借物」，分支分別擬寫「折戟」、「磨洗」兩個關鍵詞。

　　後兩句畫銅雀臺表示假想結果，以史用典，其手法簡約為「詠史」，分支畫周瑜的軍旗獵獵，提取關鍵詞「**東風**」，畫柳條新芽暗示「**春深**」，提取關鍵詞「二喬」。這些圖所構成的內容與關鍵詞互為補充，很好地表達了詩句的主要內容。

　　這首詩以小見大，含蓄蘊藉。詩從一支不起眼的折戟寫起，不直言戰爭勝負，而是透過「銅雀春深鎖二喬」這一句，以兩位美女的命運來反映赤壁

之戰對東吳軍事形勢的重大影響。二喬的命運在這裡形象地代表了東吳的命運，以小見大、深刻警醒。這首詩緊扣**歷史事件**，將對歷史興衰的評價寓於豐富的想像之中，尤其是英雄與美人互相映襯，設想奇特，手法新奇，內涵豐富，讓人回味無窮。

漁家傲（天接雲濤連曉霧）

〔作者〕李清照　〔朝代〕宋朝

心智圖

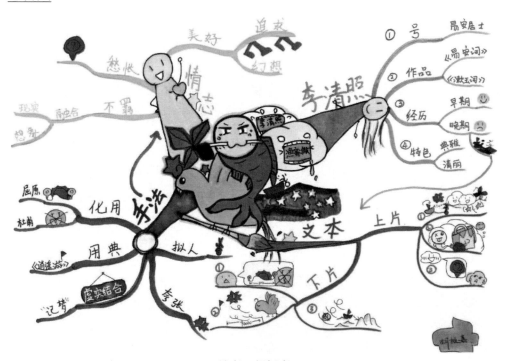

繪者：胡桓嘉

導圖解析

　　中心圖是由魚、海浪、雲朵、風車、飛鳥構成的，人的表情看上去像要哭，但又忍住不哭出來的樣子，也都是為了更符合作者創作這篇詞的中心思想——對社會現實的不滿與失望，還有對理想境界的追求與嚮往。

　　重點講述第二部分：文字的內容。分為上闋和下闋。

　　上闋的第一個影像中，海浪和雲朵相連線，表示「天接雲濤連曉霧」；轉動的星星、風車和浪上的小船表示「星河欲轉千帆舞」。第二個影像中，一個正在睡覺的人夢見自己的靈魂到了一座房子外，「彷彿夢魂歸帝所」。第三個影像中，一朵雲正在殷切地詢問方位（一個裡面帶有問號的位置符號）旁邊又有一個人聽見了這句話，表示「聞天語，殷勤問我歸何處」。至此，上闋的內容用影像語言清晰呈現。

　　下闋的第一個影像是一個正在說話的人，他張開嘴巴說：「我報路長嗟日暮，學詩謾有驚人句」（一個嘴巴上畫了叉的人、夕陽和嘴巴裡面的感嘆號以及表示「無窮多」的「∞」合在一起）。第二個影像中，展翅飛翔的鳥和颳起的風表示「九萬里風鵬正舉」。第三個影像中，依舊有風，還有被風吹得要轉動的小船。在它的旁邊畫有箭頭，指向三座山。同時還畫有一個被劃去的暫停符號，表示「風休住，蓬舟吹取三山去」。

　　手法部分，這個被畫上了叉的嘴巴裡面，畫著感嘆號的人表示被化用為「學詩謾有驚人句」的「語不驚人死不休」。畫有位置符號和太陽的影像，則表示被化用為「我報路長嗟日暮」的「路漫漫其修遠兮」。

心智圖

@鄭佳燁

繪者：鄭佳燁

導圖解析

創作思路：這幅心智圖是以詞人自身的視角和舉動來進行分類繪製的。

第一部分：寫夢中所見之景，大綱主幹畫了只「**眼睛**」代表所見；內容分支上兩箭頭圍轉成一個圓，表示「**轉**」。

第二部分：寫詞人想像自己（用「**大腦**」表示）原本來自天上，現在又將回到**天帝**身邊。內容分支上的皇冠和房子，表示「天帝居住的地方」，即「**帝所**」；嘴巴裡含著個天字，表示「**天語**」。

第三部分：寫出詞人的怨嗟與感慨，大綱主幹畫了張「**嘴**」表示怨。以「！！」表示「**驚人**」。

第四部分：運用了**典故**，所以大綱主幹畫了本書，內容分支那艘帶風的船即「**蓬舟**」，如飛蓬乘風般輕快的船。

使至塞上

〔作者〕王維　〔朝代〕唐朝

心智圖

繪者：許家瑜

導圖解析

　　沙漠、孤城、落日、狼煙和一輛飛馳的馬車構成了這幅心智圖的中心圖，出使邊關是主題，因而是畫面的主體。孤城、落日、狼煙都是詩中的意象，共同渲染了氣勢雄偉的大漠風光。首聯寫的是「邊防慰問」，一車一馬表示「單車」，使臣向守將發放物品表示「問邊」即邊關慰問。「屬國」用居延國君臣服大唐國君來表示，居延則用城門上書寫「居延」來表示。透過這樣的圖就可以明白**屬國**的含義。頷聯「借景抒情」，飄飛的蓬草表示「征蓬」，藉以表達**身世浮沉**之感。「漢塞」用寫著「漢」字的城牆表示。「歸雁」畫了一隻大雁，藉以表達思鄉之情。「胡天」則用蒙古包和雲朵表示。

　　頸聯描繪「塞外風光」，大漠、孤煙、長河、落日這些意象，組成了一

261

幅雄奇壯觀的塞外風光圖。尾聯寫途中「得知軍情」，在蕭關碰到偵察騎兵，報告都護在前線打破敵軍。騎馬的偵察兵為「候騎」，「都護」是官名，畫了將軍的頭像來代表。「燕然」是燕然山，借指最前線。整首詩敘事寫景相結合，塞外景象堪稱千古名句。

庭中有奇樹

〔朝代〕東漢

心智圖

繪者：胡桓嘉

導圖解析

　　這張圖的中心圖靈感來自蒙德里安（Piet Mondrian）的〈開花的蘋果樹〉（Flowering Apple Tree，如上圖所示）

　　畢竟詩中所描述的只是「奇樹」，而不是什麼具體的植物。將開花的樹**抽象化**或許更能符合作者的描述吧。這棵「樹」上的**黃色、藍色、粉色、綠色**的色塊分別代表了枝幹，透過枝葉縫隙看見的天空、花和葉。明亮的色彩給予人春天般溫暖舒適的感覺。背景的藍綠色漸變代表草地向天空漸變的樣子。這首詩的主要層次可以分為**視覺、觸覺、嗅覺**及**心理活動**（感覺）四個層次。

　　第一個大綱主幹內用了一些眼睛來裝飾，表示「視覺」。圖中的柵欄表示「庭中」，「1.3.5」表示「奇數」，讀音近於「奇樹」。其下枝繁葉茂，繁花盛開的樹木表示「綠葉發華滋」。

　　第二個大綱主幹是「觸覺」層次。一隻手拿著花表示「攀條折其榮」；長著翅膀的快遞包裹指向一個人表示「將以遺所思」。

　　第三個大綱主幹是一隻手拿著一束花，表示「嗅覺」。袖子裡掉出一些細碎的花瓣的影像表示「馨香盈懷袖」，而其下兩個位置圖示，以及表示無限的符號則說明了路遠。最後一個大綱主幹則是作者的**情感表達**。荷花和跪著的人表示「此物何足貴」，「何足貴」想像成「荷花和下跪的人」。「抱住自己且表情悲傷的愛心」表示「但感別經時」。

心智圖

繪者：胡桓嘉

導圖解析

　　這張導圖的中心圖畫有一棵纏繞著藤蔓，開滿了花的樹。這既可以是詩中的「奇樹」，也可以是《詩經》中祝賀新婚，表達男女感情深厚的「南有樛木，葛藟累之」的樹與藤。春暖花開的時節，蝴蝶紛飛，將不可見的芬芳視覺化（這或許又與「踏花歸去馬蹄香」的典故有那麼些連繫吧）。但思婦折花，馨香盈懷袖卻無法贈給思念的人。

　　第一個大綱主幹畫的是一具有「十九手」的「古屍」（與古詩十九首諧音）。

　　第二個大綱主幹上「嘉木」處畫了一株桂花樹，因為《呂氏春秋》中就有寫過：「物之美者，招搖之桂。」而「嘉」在《新華字典》中，又有「美好」、「讚美」的意思，所以「嘉木」倒是可以近似於桂樹了。

　　第三個大綱主幹，主要在將原文的訊息影像化。第一幅圖是畫的開花的樹，即表示「庭中有奇樹，綠葉發華滋。」第二幅圖畫的是一隻手上抓著一枝花，表示「攀條折其榮」，上面還有一個箭頭指向一個正在思考的人，表

示「將以遺所思。」第三幅圖畫的是一隻手伸出袖子，袖子裡散發著淡淡的香味；衣袖上的兩個位置圖示相連線以表示路程。彎曲的連線則表示路程遙遠。第四幅圖上畫有**荷花**、**足球**和**錢幣**，下方流淌的水流有象徵著滾滾東流的憂愁（問君能有幾多愁？恰似一江春水向東流。）。

　　第四個大綱主幹畫了一隻**眼睛**的一朵夕顏（也就是月光花）表示賞析。眼睛的眼角、眉毛向下，透露出一種**哀傷**的情緒。夕顏又有與曇花相似的特性，只在夜裡開花且花期短暫，美好卻易逝。**藍色**又常與**愁緒**相連繫，這些都與古詩情感中的「愁」相扣，或許這就是詩人想表現的「含蓄且不盡」的愁吧。

題破山寺後禪院

〔作者〕常建　〔朝代〕唐朝

心智圖

繪者：張姝瑞

導圖解析

　　本篇為五言律詩，抒寫了清晨遊寺後禪院的觀感。以凝鍊簡潔的筆觸描寫了一個**景物獨特**、**幽深寂靜**的境界，表達了詩人遊覽名勝的喜悅和對高遠境界的強烈追求。全詩筆調古樸，層次分明，興象深微，意境渾融，簡潔明淨，感染力強，藝術上相當完整，是唐代山水詩中獨具一格的名篇。

　　依題目所示的地點「破山寺」和其「後禪院」，直觀地繪製出兩者在空間上的、立體的前後關係，並用帶有五官的箭頭娃娃，連線「破山寺」之下的小鳥規定出中心圖大小，營造出上山、下山循環往復的**運動感**。抓住其「破」的特點增添補丁的細節，對比塑造建築材料和色彩的差異，突出前者，往後虛化。因為「寺」具有濃烈的色彩，詩的題目便使用黑色；又因其為題壁詩，故將字型稍加連筆；新增「後」（即「後面」）這一細節，為中心圖添色。

　　本詩開門見山，靜美的畫面直接映入眼簾：清晨時分初升的**太陽**，照耀著高聳的**樹林**，照亮了古寺的磚瓦。高聳入空的山林蔥蘢翠綠，花木馥郁的深處藏著僧侶的**禪房**，只有一條曲折的小道通向這幽深之處。蓬茸之上有活潑的**鳥兒**自由自在，之下有清澈見底的水潭潔淨空明，令人心曠神怡。萬籟俱寂之下，**晨鐘**響起，悠長而又洪亮。

　　作者構思巧妙，四聯詩句各有精妙。前三聯直接白描構景，興許是借了馬良的妙筆，繪出了**幽靜禪意**的畫卷，使讀者也彷彿進入了那山光無限好，鬱鬱蔥蔥的和諧畫卷；首聯的遠景拉近鏡頭結合頷聯，由下仰視的「初日下的高林」的影像，迎合著由遠及近的視野，空間感塑造得輕描淡寫；頸聯的對仗，以動襯靜，以靜寫動，動靜結合直入人心，令人心靜更令人心動，就像那捂著心口的、粉色的人。尾聯視聽結合，那本空寂的山林中悠悠迴響的鐘聲讓山林更加清迴、曠遠。透過鐘形的大綱主幹和諧音繪製的小插圖（魚

敲鐘），強調了那**悠悠鐘鳴**，好像見到影像耳邊就會有餘音似的。

首聯：從整體上描繪了古寺的風貌：它在高樹叢中，旭日照耀下，顯得非常寧靜、安謐。首聯既點題，又突出了一個「靜」字。頷聯：寫後禪院環境幽深，景色幽靜迷人。「禪房」照應題目中的「後禪院」。頸聯：緊接上聯，進一步渲染禪房周圍清幽的環境：山光、鳥、潭影，讓人感覺心境空靈。尾聯進一步以動襯靜，以有聲寫無聲，同時也寫出詩人內心的「靜境」。客觀景緻與詩人感受到的**禪思理趣巧妙融合**。

首聯巧用流水對，所謂「**高林**」，沒有足夠高的尺怎麼測量？用幽默的影像化來配合思想轉動的情趣，答：縮小就好。因首聯用了流水對，而頷聯不對仗，這種變通手法，稱為「偷春格」，是故意突破格律而為之，就像不該開花的樹開了花一樣。頷聯同樣沒有刻意對仗，自然地讓讀者體會到詩中旨趣，就如那自顧自生長的**竹子**，各有不同地長在那裡，卻和諧如一；頸聯因為首聯中初升的太陽，帶來的陽光反射了中心圖中**寺廟**的紅色，主幹和分支也就呈現出紅色；主旨部分的「隱逸」一詞的插圖，是樹下「引壺觴以自酌」的人，聯想到以隱居田園而深入人心的陶淵明，也許更能展現出自然之美對於人的吸引力吧，不然為什麼會有那麼多的人從煙火氣中脫身，轉而投入自然的懷抱呢？

行路難

〔作者〕李白　〔朝代〕唐朝

心智圖

繪者：許家瑜

導圖解析

　　這幅圖的中心圖是李白舉杯喝酒的情形，身後是大海，船帆上寫有「乘風破浪」四個字。這首詩先描繪了「餞行」的場景。

　　第一部分：餞行。前兩句寫了**宴席規格之高**。**黃色**的酒杯代表「金樽」，青花瓷酒壺寓意「清酒」，「鬥十千」形容酒美價高。白色的盤子指代「玉盤」，用一盤魚表示「珍饈」，即珍貴的食物。」「直」是價值的意思，用直尺諧音表示。錢用內圓外方的銅錢表示。放下杯子即「停杯」，扔掉筷子即「投箸」，不能食。拔出寶劍。向四周看，即「四顧」，心茫然，不知所措。

　　第二部分：苦悶。接下來詩人寫了自己的**苦悶心情**。「欲渡黃河冰塞川」，「渡」用一隻小舟表示，黃河用幾字形河流表示。「將登太行雪滿山」用登山

的畫面表示，用山頭白雪表示「雪滿山」。

第三部分：願望。用兩個典故寫了自己的**願望**，一是姜太公碧溪釣魚，這裡「碧溪」用綠色河流表示；二是伊尹夢見乘船從日月邊經過。

第四部分：呼喚。表達詩人的呼喚，「**行路難**」、「**多歧路**」、「**今安在**」用導航定位表示。

第五部分：「長風破浪會有時，直掛雲帆濟滄海」中心圖即可直觀表達，表達了作者遠大的抱負和強烈的自信心。

水調歌頭・明月幾時有

〔作者〕蘇軾　〔朝代〕北宋

心智圖

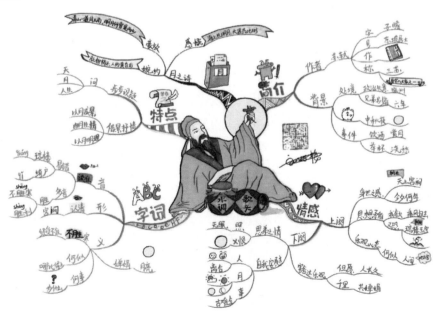

繪者：劉梅豔

導圖解析

　　這是一張賞析類的導圖，賞析的是北宋蘇軾的〈水調歌頭〉。這張導圖的中心圖想到了詩人瀟灑半坐、舉杯暢飲的畫面。

　　這張導圖從五個部分來賞析〈水調歌頭〉，分別是**簡介**、**情感**、**字詞**、**寫作特點**、**整理**。

　　簡介部分分別介紹了作者和詩詞的創作背景。

　　情感部分是根據詞的**結構**來分析的，這首詞分為上闋和下闋，上闋主要表達了身世之感、思想矛盾和樂觀心態。下闋主要表達了**思弟之情**、**自我安慰**和**豁達樂觀**。

　　字詞部分主要從音、形、義三個方面掃除文字障礙，搞清楚字詞含義。

　　寫作特點的部分，為了保持大綱主幹關鍵詞字數的統一，把「寫作」融入影像中。〈水調歌頭〉有兩大寫作特點：**步步設疑和借景抒情**。步步設疑中透過一個字「問」，問天、問月、問人生。借景抒情中以月成景、由月生情、以月明理。

　　導圖的最後一部分是「整理」，整理月亮的詩詞，畫了一個標有「月」字的**檔案盒**，來表達大綱主幹的意思。月之詩也進行了分類：婉約類、豪放類、感慨類。

〔作者〕溫庭筠 〔朝代〕唐朝

心智圖

繪者：呂宏佳

導圖解析

　　這首詩的中心圖部分，畫了一介書生騎著一匹馬早早出行，整日漂泊在外。全文詩句中沒有出現一個「早」字，但是句句在寫黎明景色，字裡行間流露出遊子的孤獨寂寞和濃濃的思鄉之情。

　　整幅心智圖分為五個部分，分別為**簡介、首聯、頷聯、頸聯、尾聯**。

　　第一部分：簡介。溫庭筠的最高成就是描寫女子的花間詞，精通音律，因對詞的發展有重大影響，在詞史上與韋莊並稱為「**溫韋**」，詩與李商隱齊名，並稱為「**溫李**」。四十八歲才做官縣尉，久困科場，又因恃才傲物，喜諷刺權貴，屢試不第，所以終生不得志。這首詩除了常用的詩歌表現手法借**景抒情和虛實結合**外，最突出的就是**意象疊加**。

　　第二部分：首聯。初生的太陽剛剛露出地面，抒情主角就出發了。馬車的鈴聲叮噹作響，身未動就開始思念故鄉，透露著悲傷之情。

　　第三部分：頷聯。此聯是流傳千古的有名之句，特點在於**意象疊加**。不僅「雞聲」、「茅店」、「人跡」、「板橋」可以構成抒情的意象，而且「月」、「霜」也保留了名詞的具體感，增強了讀者的**視覺想像能力**。

　　第四部分：頸聯。除了用意象疊加的手法泛寫行路之景，詩人還具體描繪了兩個場景。槲葉乾枯留在樹枝上，落在山路間。枳花開放，天亮前好似太陽的光芒照在驛牆之上。

　　第五部分：尾聯。早行之景讓詩人想起昨夜夢中的**故鄉**，進而抒發早行之情。回塘水暖，野鴨與大雁正在此嬉戲，而自己卻在路途中奔波。夢中故鄉的景色與旅途中的景色對比鮮明，早行之「景」與「情」完美融合。

破陣子・為陳同甫賦壯詞以寄之

〔作者〕辛棄疾　〔朝代〕南宋

心智圖

繪者：周婭楠

導圖解析

這是一篇圖文結合的導圖，分為上闋和下闋兩部分。

上闋：描寫軍旅生活：秋天的某一天，在**沙場上點兵**的盛大場面。「醉裡」畫了一個酒罈子和一個碗；「挑燈」中的燈字，用了一盞燈來代替方便記憶，「挑燈」點出時間，「看劍」二字便用一把寶劍和一隻眼睛來代替，表明雄心。「醉裡挑燈看劍」，表明詞人對恢復北方失地的念念不忘。

「夢裡」畫了一個正在睡覺的人；「吹角」分別畫了一個吹氣球的人和一個牛角；「連營」是指軍營的意思，軍營中一般都是用**帳篷**來代替住宿，所以就畫了幾個帳篷。「分麾下炙」是指把烤肉分享給部下。一個分開的蘋果代替了「分」的意思，而「炙」使用了一塊肉來代替。

「五十弦翻」中「翻」是指演奏的意思，所以畫了一個古琴；「塞外聲」中「聲」既可以指聲音，也可以指戰歌，所以用**影像**代替；「沙場秋點兵」秋字是指**秋**天，便用秋天最具代表性的**楓葉**來代替。壯志未酬的詞人借酒消愁，恍惚中彷彿回到當年戰鬥的情景。整個場面激烈且壯觀，營造了雄渾的意境。抒發了作者希望殺敵報國、**恢復國家江山**的宏偉願望。

下闋：描寫躍馬挽弓的戰鬥場面以及收復北方失地的暢想，抒發了**報國無門、壯志難酬**的痛苦和憤慨。第一句是指戰馬像的盧一樣跑得飛快。為了便於記憶，「飛快」二字便畫了一個正在快速奔跑的人。第二句的意思是弓箭的聲音像驚雷一樣，「弓」畫了一把弓箭，「弦」聯想到了古琴。

「了卻君王天下事」，「君王」畫了一個皇帝，「天下」畫了天空中的太陽和雲朵和一個向下的箭頭。「贏得生前身後名」，「生前」和「身後」為並列關係；「可憐白髮生」，「白髮」畫了一個白髮蒼蒼的老人。戰鬥激烈，而南宋朝廷卻腐敗無能，想報效朝廷為國立功，而這個願望卻難以實現，詞人壯志難酬只能寫詞抒發心中的苦悶。

南鄉子・登京口北固亭有懷

〔作者〕辛棄疾　〔朝代〕南宋

心智圖

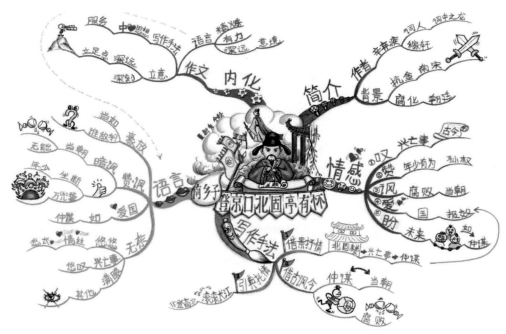

繪者：董新秀

導圖解析

　　這幅導圖是從賞析角度來繪製的。全詞通篇三問三答，互相呼應。詞中時空縱橫開闊，氣勢宏大，上闋落筆眼前引遐思，下闋則懷古寄豪情。融典故入詞，毫無斧鑿印跡，寄情委婉深沉，與典故合而為一，達到了很高的藝術境界。

　　中心圖：想像辛棄疾在北固樓處，感慨並寫下了這首如此豪放的詞。這首詞的氣魄闊大，所以畫了作者想像的畫面，手握長劍思索著戰事。

結構：分別從簡介、情感、寫作手法、語言及將自己所學內化到作文寫作中的想法展開。

第一部分：簡介。簡單記錄了本詞的背景內容。若想很好地了解一首詩詞的內涵，勢必要了解其寫作背景，才能更深刻的體會作者心境。

第二部分：情感。從感嘆、讚揚、諷刺、愛國和期盼幾個方面總結出作者要表達的情感。

第三部分：寫作手法。將詞中的寫作手法「借景抒情」、「借古諷今」、「引典託情」提煉出來，以便學習。其中引典託情，如「不盡長江滾滾流」，化用杜甫〈登高〉詩句：「無邊落木蕭蕭下，不盡長江滾滾來。」詞人心中的無限愁思和感慨，猶如奔流不息的江水。

第四部分：語言。是從語言的方面去分析，作者是用到哪些詞語去表達自己情感的，這些詞用得精準而又意味深長。

第五部分：從內化所學知識的角度，去學習作者著筆的妙處。

心智圖──古詩詞滿分學習法：

經典詩詞 × 手繪心智圖，學習古典之美從未如此簡單

作　　者：劉豔

發 行 人：黃振庭

出 版 者：崧燁文化事業有限公司

發 行 者：崧燁文化事業有限公司

E-mail：sonbookservice@gmail.com

粉 絲 頁：https://www.facebook.com/sonbookss/

網　　址：https://sonbook.net/

地　　址：台北市中正區重慶南路一段六十一號八樓 815
室

Rm. 815, 8F., No.61, Sec. 1, Chongqing S. Rd., Zhongzheng
Dist., Taipei City 100, Taiwan

電　　話：(02)2370-3310

傳　　真：(02)2388-1990

印　　刷：京峯數位服務有限公司

律師顧問：廣華律師事務所 張珮琦律師

定　　價：375 元

發行日期： 2024 年 05 月第一版

◎本書以 POD 印製

國家圖書館出版品預行編目資料

心智圖──古詩詞滿分學習法：經
典詩詞 × 手繪心智圖，學習古典
之美從未如此簡單 / 劉豔 著 . -- 第
一版 . -- 臺北市：崧燁文化事業有
限公司 , 2024.05
面；　公分
POD 版
ISBN 978-626-394-242-4(平裝)
1.CST: 詩詞 2.CST: 讀本 3.CST: 學
習方法
831　　113005200

爽讀 APP

電子書購買

臉書